R$ 57,90

O VERÃO SEM HOMENS

A marca FSC® é a garantia de que a madeira utilizada na fabricação do papel deste livro provém de florestas que foram gerenciadas de maneira ambientalmente correta, socialmente justa e economicamente viável, além de outras fontes de origem controlada.

SIRI HUSTVEDT

O verão sem homens

Tradução
Alexandre Barbosa de Souza

COMPANHIA DAS LETRAS

Copyright © 2011 by Siri Hustvedt
Copyright das ilustrações © 2011 by Siri Hustvedt
Proibida a venda em Portugal.

Grafia atualizada segundo o Acordo Ortográfico da Língua Portuguesa de 1990, que entrou em vigor no Brasil em 2009.

Título original
The Summer Without Men

Capa
Rita da Costa Aguiar

Ilustração de capa
Cynthia Gyuru

Preparação
Cláudia Cantarin

Revisão
Ana Maria Barbosa
Luciane Helena Gomide

Dados Internacionais de Catalogação na Publicação (CIP)
(Câmara Brasileira do Livro, SP, Brasil)

Hustvedt, Siri
    O verão sem homens / Siri Hustvedt ; tradução Alexandre Barbosa de Souza. — 1ª ed. — São Paulo : Companhia das Letras, 2013.

    Título original: The Summer Without Men.
    ISBN 978-85-359-2280-6

    1. Romance norte-americano I. Título.

13-04408   CDD-813

Índice para catálogo sistemático:
1. Romances : Literatura norte-americana 813

[2013]
Todos os direitos desta edição reservados à
EDITORA SCHWARCZ S.A.
Rua Bandeira Paulista, 702, cj. 32
04532-002 — São Paulo — SP
Telefone: (11) 3707-3500
Fax: (11) 3707-3501
www.companhiadasletras.com.br
www.blogdacompanhia.com.br

Para Frances Cohen

LUCY (Irene Dunne): Você está muito confuso, não é?
JERRY (Cary Grant): U-hum. Você também não está?
LUCY: Não.
JERRY: Bem, pois devia, porque você está errada de achar que as coisas são diferentes só porque não são mais as mesmas. As coisas estão diferentes, só que de um jeito diferente. Você continua a mesma, só que eu fui um idiota. Bem, não agora. Então, uma vez que eu já estou diferente, você não acha que as coisas podem voltar a ser como eram antes? Só que diferentes.

The awful truth (*Cupido é moleque teimoso*)
dirigido por Leo McCarey
roteiro de Viña Delmar

Algum tempo depois que ele disse a palavra *pausa*, enlouqueci e fui parar no hospital. Ele não disse *Nunca mais quero ver você* ou *Acabou*, mas depois de trinta anos de casamento uma "pausa" foi o bastante para me transformar numa maluca, com os pensamentos explodindo, ricocheteando e resvalando uns contra os outros como milho de pipoca dentro de um saco em um micro-ondas. Faço essa lamentável observação deitada em minha cama na Unidade Sul, tão chapada de Haldol que odeio ter de me mexer. As vozes cruéis e ritmadas amainaram, mas não desapareceram, e quando fecho meus olhos vejo personagens de desenho animado correndo por colinas cor-de-rosa e sumindo em meio a florestas azuis. Por fim, o Doutor P me diagnosticou com um Transtorno Psicótico Transitório, também conhecido como Transtorno de Reação Psicótica, o que significa que a pessoa é realmente louca mas não por muito tempo. Se dura mais de um mês, ocorre uma mudança de rótulo. Aparentemente, há muitas vezes um gatilho, ou, no jargão psiquiátrico, "um fator de estresse", para esse tipo particular de transtorno. No meu caso, foi Boris, ou melhor, o fato de não haver mais Boris, de que Boris estava precisando de um tempo. Deixaram-me trancafiada durante uma semana e meia, e depois fui liberada para ir embora. Fui uma paciente externa por algum tempo, até conhecer a Doutora S., com sua voz grave e musical, o sorriso contido e um bom ouvido para a poesia. Ela me deu apoio — ainda me dá, na verdade.

Não gosto de me lembrar da louca. Ela me envergonhava. Por muito tempo, relutei em olhar para o que ela havia escrito em um caderno preto e branco durante sua estada na ala psiquiátrica. Eu sabia o que estava rabiscado na capa com uma letra que não se parecia nada com a minha, Cacos Cerebrais, mas eu não ousaria abrir o caderno. Tinha medo dela, como se pode ver. Quando minha filha Daisy veio me ver, disfarçou sua inquietação. Não sei exatamente o que ela viu, mas posso imaginar: uma mulher esquálida por não comer, ainda confusa, o corpo enrijecido de drogas, uma pessoa incapaz de reagir apropriadamente diante das palavras da filha, incapaz de segurar a própria cria. E então, quando ela se foi, ouvi seu gemido junto à enfermeira, o ruído de um soluço em sua garganta: "É como se não fosse a mamãe". Eu estava perdida com meus pensamentos na ocasião, mas lembrar essa frase ainda causa em mim aflição. Não me perdoo.

A Pausa era uma francesa de cabelos sem graça, mas castanhos e brilhantes. Tinha seios significativos e naturais, não fabricados, óculos estreitos retangulares e uma extraordinária capacidade intelectual. Ela era jovem, é claro, vinte anos mais nova do que eu, e minha suspeita é de que Boris tenha ficado seduzido pela colega algum tempo antes de conseguir atacar suas regiões significativas. Fiz e refiz essa imagem inúmeras vezes.

Boris, tufos de neve branca caindo sobre a testa enquanto ele agarra a tal Pausa junto às gaiolas de ratos geneticamente modificados. É sempre no laboratório, embora essa visão provavelmente seja equivocada. Os dois raramente ficavam sozinhos lá, e a "equipe" teria percebido o agarramento ruidoso ali do lado. Talvez tenham se escondido no banheiro, meu Boris por cima de sua colega cientista, os olhos revirando nas órbitas, conforme se aproximava da explosão. Eu sabia de tudo. Tinha visto seus olhos revirando mil vezes. A banalidade da história — o fato de que isso se repete todos os dias *ad nauseam* por homens que descobrem súbita ou gradualmente que o que É não PRECISA SER e então se livram das mulheres envelhecidas que cuidaram deles e dos filhos durante anos — não cala a angústia, o ciúme nem a humilhação que recai sobre quem foi deixada para trás. Mulheres desprezadas. Chorei, gritei e bati com meus punhos na parede. Ele ficou assustado. Queria paz, queria ser deixado em paz para seguir seu caminho com alguém com quem não tinha nenhum passado, nenhuma dor compartilhada, nenhuma tristeza, nenhum conflito. E no entanto ele disse uma "pausa", não um "ponto final", para manter a narrativa em andamento, caso mudasse de ideia. Uma fresta de esperança cruel. Boris, a Muralha. Boris, que jamais erguia a voz. Boris balançando a cabeça no sofá, parecendo frustrado. Boris, o homem dos ratos que em 1979 se casou com uma poeta. Boris, por que você me abandonou?

Tive que sair do apartamento porque ficar lá doía. Os quartos e a mobília, os sons da rua, a luz que brilhava em meu escritório, as escovas de dentes na prateleirinha, o closet sem maçaneta — cada coisa se tornara um osso que doía, uma articulação ou uma costela ou uma vértebra na anatomia articulada da memória compartilhada, e cada coisa familiar, carregada com os significados acumulados do tempo, pareciam pesar em meu corpo, e descobri que não podia suportar mais. Então saí do Brooklyn e fui passar o verão em casa, numa cidadezinha esquecida, no que costumava ser a pradaria de Minnesota, onde fui criada. A Doutora S. não se opôs. Nossas sessões seriam feitas por telefone uma vez por semana, exceto em agosto, quando ela costumava sair de férias. A universidade havia se mostrado "compreensiva" a respeito de minha crise, e eu só voltaria a lecionar em setembro. Aquilo era para ser um Bocejo entre a Loucura de Inverno e a Sanidade do Outono, um vazio sem grandes acontecimentos a ser preenchido com poemas. Eu passaria um tempo com minha mãe e colocaria flores no túmulo do meu pai. Minha irmã e Daisy viriam me visitar, e eu já fora contratada para ministrar uma oficina de poesia para crianças na cidade. "Premiada Poeta Nascida na Cidade Oferece Oficina", dizia uma manchete do *Bonden News*. O obscuro prêmio Doris P. Zimmer de Poesia caiu sobre minha cabeça sem eu saber como, oferecido exclusivamente a mulheres cujo trabalho se encaixava na rubrica "experimental". Acabei aceitando a dúbia honraria e o cheque que graciosamente a acompanhava, mas com reservas, para depois me dar conta de que QUALQUER prêmio é melhor do que nada, de que a expressão "premiada" agrega um brilho útil ainda que puramente decorativo a uma poeta que vive em um mundo que nada entende de poemas. Como John Ashbery disse um dia: "Ser um poeta famoso não é a mesma coisa que ser famoso". E eu não sou uma poeta famosa.

Aluguei uma pequena casa nos limites da cidade não muito distante do apartamento de minha mãe, que ficava em um edifício destinado exclusivamente a pessoas idosas e muito idosas.

Minha mãe morava na zona independente. Apesar da artrite e de diversas outras queixas, inclusive acessos ocasionais de uma alarmante pressão alta, ela era incrivelmente ativa e lúcida aos oitenta e sete. O conjunto contava ainda com mais duas áreas distintas — para os que precisavam de ajuda, chamado de "vida assistida", e o "centro de terapia", que era o fim da linha. Meu pai morrera ali seis anos antes e, embora eu tivesse sentido um tranco em minha tentativa de voltar e olhar novamente o lugar, não passei da entrada, dei meia-volta e fugi do fantasma dele.

"Não contei para ninguém sobre sua internação no hospital", minha mãe disse numa voz aflita, os olhos muito verdes fixos nos meus. "Ninguém precisa saber."

Hei de esquecer a gota de Angústia
Que agora me escalda — que agora me escalda!

Emily Dickinson, poema #193. Endereço: Amherst.
Versos e frases voaram pela minha cabeça durante todo o verão. "Se um pensamento sem pensador aparece", disse Wilfred Bion, "pode ser aquilo que se chama de 'pensamento solto' ou pode ser um pensamento com o nome e o endereço do dono, ou pode ser um 'pensamento selvagem'. O problema, caso algo assim aconteça, é o que fazer com ele."

Havia casas dos dois lados da minha casa alugada — novas incorporações residenciais —, mas a vista da janela dos fundos era livre. Consistia de um pequeno quintal com um balanço e, atrás, um milharal, seguido de um campo de alfafa. Mais ao longe viam-se um arvoredo, a silhueta de um celeiro, um silo

e, acima de tudo, o imenso e incansável firmamento. Gostei da vista, contudo o interior da casa me incomodava, não por ser feio, mas por estar repleto da vida de seus donos, um casal de jovens professores com duas crianças que fugiram para Genebra no verão subsidiados por uma espécie de bolsa de pesquisa. Quando entrei com minhas sacolas e caixas e livros e dei uma olhada em tudo, perguntei-me como me encaixaria naquele lugar, com as fotos de família e as almofadas decorativas, de origem asiática indefinida, os livros de administração pública e tribunais internacionais e diplomacia, as caixas de brinquedos, e o cheiro de gato, gatos que abençoadamente não estavam ali. Pensei com desgosto que dificilmente haveria espaço para mim e para minhas coisas, que eu sempre fora uma escrevinhadora das horas vagas. Nos primeiros tempos trabalhava na mesa da cozinha e corria para acudir Daisy quando ela acordava. Lecionar e acompanhar a poesia dos meus alunos — poemas sem urgência, poemas carregados de madeixas e fitas — haviam me tomado inúmeras horas. Mas afinal eu não lutava por mim mesma, ou melhor, não lutava do jeito certo. Algumas pessoas simplesmente se apropriam do espaço de que precisam, jogando para fora do caminho, aos cotovelos, os invasores e tomando posse do espaço. Boris era capaz de fazer isso sem mover um músculo. Bastava ficar ali parado "quieto como um camundongo". Eu era uma ratinha ruidosa, daquelas que arranham as paredes e causam alvoroço, mas de algum modo foi o que fez a diferença. A mágica da autoridade, do dinheiro e do pênis.

Acondicionei cada quadro com cuidado dentro de uma caixa e anotei em um pedacinho de papel onde ficara cada coisa. Dobrei diversos tapetes e os guardei com umas vinte almofadas supérfluas e jogos de crianças, e então limpei metodicamente a casa toda; encontrei grumos de poeira aos quais haviam se grudado clipes de papel, palitos queimados, grãos de areia dos gatos, vários M&Ms amassados e outros restos de detritos não identificáveis. Lavei com alvejante as três pias, duas privadas, a banheira e o boxe do chuveiro. Esfreguei o chão da cozinha, espanei e passei pano nas luminárias do teto, que estavam com uma crosta de sujeira. A limpeza levou dois dias e me deixou dolorida e com diversos cortes nas mãos, mas a atividade frenética deixou tudo brilhando. Os contornos difusos e indefinidos de cada objeto em meu campo de visão ganharam uma precisão e uma clareza que me animaram, ao menos momentaneamente. Desembalei meus livros, ajeitei-me no que me pareceu ser o escritório do marido (pista: artefatos de cachimbo), sentei-me e escrevi:

Perda.
Uma ausência conhecida.
Se você não soubesse,
Não seria nada,
O que de fato é, claro,
Outro tipo de nada,
Ardendo como pústula,
Mas também um tumulto,

Na região do coração, dos pulmões,
Um vazio com seu nome.

Minha mãe e as amigas eram viúvas. A maioria dos maridos morrera anos antes, mas elas continuaram vivas e não se esqueceram dos falecidos, embora não parecessem, tampouco, presas à lembrança de esposos defuntos. Na verdade, o tempo as transformara em velhas senhoras formidáveis. Eu as chamava de os Cinco Cisnes, a elite de Rolling Meadows East, mulheres que haviam conquistado seu status não pela longevidade ou pela falta de problemas físicos (todas sofriam de alguma doença de um tipo ou de outro), e sim porque tinham uma tenacidade intelectual e uma autonomia que lhes conferiam a têmpera de uma liberdade invejável. George (Georgiana), a mais velha, admitia que as cinco haviam tido sorte. "Nós todas continuamos lúcidas até hoje", ela brincou. "Claro, nunca se sabe — nós sempre dizemos que pode acontecer qualquer coisa a qualquer momento." A mulher levantou a mão direita do andador e estalou os dedos. A fricção de sua pele era limitada e não fez nenhum som, fato que ela pareceu reconhecer porque seu rosto se enrugou formando um sorriso assimétrico.

Não contei a George que minha lucidez tinha se perdido e voltado, que perdê-la me apavorara absurdamente, nem que, enquanto conversava com ela no comprido corredor, um verso de outro George, Georg Trakl, me ocorrera: *In kühlen Zimmern ohne Sinn*. Em quartos frescos sem sentido. Em frescos cômodos absurdos.

"Você sabe a minha idade?", continuou ela.

"Cento e dois."

Ela tinha mais de um século.

"E você, Mia, está com quantos anos?"

"Cinquenta e cinco."

"É uma menina."

Uma menina.

Havia também Regina, oitenta e oito. Ela fora criada em Bonden, mas fugira da roça e se casara com um diplomata. Vivera em diversos países, e sua dicção tinha algo de estrangeiro — uma pronúncia exagerada talvez —, resultado tanto da imersão em ambientes estrangeiros como, imaginei, de certa pretensão, mas aquele acréscimo constrangido também envelhecera com a falante até não poder mais ser separado de seus lábios, sua língua e seus dentes. Regina emanava uma mescla operística de vulnerabilidade e encanto. Desde a morte do marido, ela se casara mais duas vezes — ambos mortos — e depois se seguiram vários casos, inclusive com um arrojado inglês dez anos mais novo. Regina tinha minha mãe como confidente e era sua parceira nos eventos culturais da região — concertos, exposições de arte, e uma ou outra peça de teatro. Havia Peg, oitenta e quatro, nascida e criada em Lee, uma cidadezinha ainda menor que Bonden, que conhecera o marido no colégio, tivera seis filhos com ele e amealhara uma multidão de netos dos quais monitorava cada ínfimo detalhe, um sinal de impressionante saúde neuronal. E por fim havia Abigail, noventa e quatro anos. Embora um dia tivesse sido alta, sua coluna sofria com a osteoporose, que a deixara bastante arqueada. Além disso, ela estava quase surda, mas desde a primeira vez que a vi de relance passei a admirá-la. Usava calças elegantes e blusas que ela mesma fazia, com aplicações ou bordados de maçãs, cavalos e crianças dançando. Seu marido morrera fazia muito tempo — assassinado, diziam uns; segundo outros, eles haviam se divorciado. O fato era que o soldado Gardener desaparecera durante ou logo após a Segunda Guerra Mundial, e sua viúva ou ex-mulher se formara professora de arte para crianças. "Torta e surda, mas não tonta", disse-me ela enfaticamente em nosso primeiro encontro. "Não deixe de me visitar. Eu gosto de companhia. O número é três-dois-zero-quatro. Repita: três-dois-zero-quatro."

As cinco gostavam de ler e participavam com algumas outras mulheres, uma vez por mês, de um clube do livro, uma reunião que, conforme pude apurar, tinha certo toque de competitividade. Durante o tempo em que minha mãe morou em Rolling Meadows, algumas personagens do teatro de sua vida cotidiana saíram de cena rumo à "Terapia" e nunca mais voltaram. Ela me contou com franqueza que, quando a pessoa saía do prédio, sumia na "voragem". A tristeza era mínima. As cinco viviam um presente feroz, pois, diferentemente dos jovens, que consideram sua finitude algo remoto, filosófico, aquelas mulheres sabiam que a morte não era abstrata.

Se tivesse sido possível esconder minha deplorável desintegração dos olhos de minha mãe, eu o teria feito, mas quando um membro da família é levado e trancafiado num hospício, os outros rapidamente se alvoroçam e se oferecem com sua preocupação e pena. O que eu queria esconder de todo jeito de mamãe fui capaz de mostrar abertamente para minha irmã, Beatrice. Ela recebera a notícia e, dois dias depois da minha internação na Unidade Sul, pegou um avião para Nova York. Não vi quando abriram as portas de vidro para ela. Minha atenção devia ter divagado por um momento, uma vez que eu aguardava com ansiedade sua chegada. Acho que ela me viu primeiro, pois ergui os olhos ao ouvir o som decidido de seus saltos altos vindo em minha direção. Ela se sentou no sofá absurdamente escorregadio da área comum e me abraçou. Quando senti seus dedos apertando meus braços, a sufocante secura do casulo antipsicótico em que eu estava vivendo se partiu em pedacinhos, e chorei de soluçar. Bea me embalou e passou a mão na minha cabeça. Mia, ela disse, minha Mia. Quando Daisy voltou para uma segunda visita, eu já estava sã. A ruína fora ao menos parcialmente reconstruída, e não choraminguei na frente dela.

Ataques de choro, uivos, guinchos e risos sem sentido não eram nada incomuns na Unidade, e a maioria deles passava despercebida. A insanidade é um estado de profunda autoabsorção. É preciso extremo esforço para não se perder, e a guinada em direção ao bem-estar acontece a partir do momento em que se deixa entrar um pedaço do mundo, quando uma pessoa ou alguma coisa atravessa o portal. O rosto de Bea. O rosto da minha irmã.

Minha crise foi dolorosa para Bea, mas eu receava que fosse matar minha mãe. Não matou.

Sentada diante dela no pequeno apartamento, cheguei a pensar que minha mãe era para mim não só uma pessoa, mas também um lugar. A casa vitoriana da família na esquina da Moon Street, onde meus pais viveram por mais de quarenta anos, com suas salas espaçosas e um conjunto de quartos no andar superior, fora vendida depois da morte do meu pai, e, quando dela me despedi, a perda me feriu como se eu ainda fosse uma criança que não consegue entender o fato de que algum arrivista ocuparia seu antigo lar. Mas era para minha mãe, e não para a casa dela, que eu estava voltando. Não existe vida sem chão, sem uma noção de espaço externa, mas também interna — lugares mentais. Para mim, a loucura equivalia a uma suspensão. Quando Boris levou embora abruptamente seu corpo e sua voz, comecei a flutuar. Um dia, ele deixou escapar sua intenção de fazer uma *pausa*, e foi o que bastou. Sem dúvida ele havia meditado sobre essa decisão, mas eu não tomara parte em suas deliberações. Um homem sai para comprar cigarros e não volta nunca mais. Um homem diz à esposa que vai dar uma volta e não volta para o jantar — nunca mais. Um belo dia de inverno o homem simplesmente se levanta e sai. Boris não havia externado sua infelicidade, jamais dissera que não me queria mais. Foi algo que lhe ocorreu de repente. Que tipo de homem é esse? Depois que me recompus com "ajuda profissional", voltei ao terreno mais confiável, à Terra onde se fala a língua do Pê.

Era verdade que o mundo de minha mãe havia encolhido, e ela encolhera junto. Ela comia muito pouco, pensei. Quando estava sozinha, pegava grandes pratos de cenouras, pimentões e pepinos crus com alguns pedacinhos de peixe, presunto ou queijo. Durante anos aquela mulher havia cozinhado e preparado comida para um batalhão e armazenado alimentos no gigantesco congelador do porão. Costurava nossos vestidos, remendava nossas meias de lã, lustrava cobre e latão até ficar tudo brilhante e liso. Fazia arranjos de flores, além de caracóis com manteiga para as festas, estendia e passava lençóis que ficavam com um cheiro limpo de sol quando dormíamos sobre eles. Cantava para nos ninar à noite, nos dera livros edificantes, escolhera os filmes que podíamos ver e defendera suas filhas diante de professores intolerantes. E, quando ficávamos doentes, ela fazia uma caminha para nós no chão, ao lado dela, enquanto trabalhava na casa. Eu adorava ficar doente — não vomitar ou passar realmente mal, mas em um estado de recuperação com benesses. Eu adorava me deitar naquelas caminhas especiais e sentir a mão de mamãe na minha testa, que depois ela passava nos meus cabelos suados para ver como estava minha febre. Adorava sentir suas pernas se movendo perto de mim, ouvir sua voz com aquela entonação especial para doentes, cantarolada e terna, que me fazia querer continuar doente e me deitar ali para sempre naquela caminha, pálida, romântica e patética, metade eu mesma, metade uma atriz desfalecendo, mas sempre na órbita segura de minha mãe.

Hoje em dia, as mãos dela às vezes tremem na cozinha e um prato ou uma colher caem de repente no chão. Ela ainda é uma mulher elegante e impecável no vestir, entretanto passou a se preocupar terrivelmente com manchas, rugas e sapatos mal lustrados, coisa de que não me lembrava durante minha infância. Acho que a casa brilhando foi introjetada e substituída por acessórios brilhando. Sua memória falha ocasionalmente, mas apenas a respeito de acontecimentos recentes ou frases que alguém acabou de dizer. Quanto aos primeiros tempos de sua vida, eles ganharam uma acuidade que parece quase sobrenatural. Conforme minha mãe foi envelhecendo, passei a fazer mais e ela a fazer menos, porém essa mudança em nossa relação pareceu menos importante. Embora a defensora incansável da vida doméstica tenha desaparecido, a mulher que preparava uma caminha para as filhas adoentadas permanecerem perto de si continuava ali sentada diante de mim, ilesa.

"Sempre achei que você sentia demais", ela disse, repetindo um tema familiar, "que você era exageradamente sensível, a própria princesa sobre o grão de ervilha, e agora essa do Boris..." A expressão de minha mãe ficou rígida. "Como ele foi capaz de uma coisa dessas? Ele tem mais de sessenta. Deve ter enlouquecido..." Ela olhou de canto para mim e coloquei a mão sobre sua boca.

Dei risada.

"Você ainda é linda", minha mãe disse.

"Obrigada, mamãe." O comentário sem dúvida se referia a Boris. Como você foi capaz de abandonar alguém que ainda *era bonita*? "Eu queria que você soubesse", falei, em resposta a uma pergunta que não fora feita, "que os médicos disseram que eu já estou recuperada, que isso é uma coisa que pode acontecer uma vez e nunca mais. Eles acham que já voltei a ser quem eu era — uma neurótica comum —, nada além disso."

"Acho que essas aulinhas vão lhe fazer bem. Você está animada ou não?" Sua voz estava embargada de emoção — uma mistura de esperança e aflição.

"Estou sim", falei. "Embora nunca tenha dado aula para crianças."

Minha mãe ficou calada, depois disse: "Você acha que o Boris um dia vai superar isso?".

"Isso" na verdade era "ela", mas gostei do tato que minha mãe demonstrou. Não lhe daríamos um nome. "Não sei", eu disse. "Não sei o que se passa com ele. Nunca soube na verdade."

Minha mãe assentiu tristemente com a cabeça, como se ela sempre tivesse sabido, como se essa guinada no meu casamento fizesse parte de um roteiro universal por ela previsto anos antes. Mamãe, a Sábia. As reverberações de significados pressentidos deslocaram-se como uma correnteza através de seu corpo esguio. Aquilo não havia mudado.

Percorrendo o corredor de Rolling Meadows East, me peguei murmurando e cantarolando suavemente:

Brilha, brilha, morceguinho!
Qual será o seu caminho!
Sobre o mundo voa ao léu,
Qual bandeja de chá no céu. *

Passei as manhãs daquela primeira semana trabalhando calmamente na escrivaninha do quarto, depois lendo algumas horas até as visitas da tarde e as longas conversas com minha mãe.

---

* Canção do Chapeleiro Maluco no capítulo 7 de *Alice no País das Maravilhas* (1865), de Lewis Carroll, parodiando a canção de ninar inglesa "Twinkle, Twinkle Little Star" (1806). (N. T.)

Escutei suas histórias sobre Boston e meus avós, escutei-a recitar a rotina idílica de sua infância de classe média, interrompida de quando em quando por seu irmão Harry, um verdadeiro capeta, não um revolucionário, que aos doze anos morreu de poliomielite quando minha mãe tinha nove anos, e como aquilo mudou seu mundo. Resolvera naquele dia de dezembro anotar tudo o que se lembrava sobre o irmão, e assim ela fez durante meses a fio. "Harry não conseguia ficar com os pés parados. Ele estava sempre batendo os pés nas pernas das cadeiras no café da manhã." "Harry tinha uma verruga no cotovelo que parecia um ratinho." "Lembro que uma vez o Harry ficou chorando dentro do armário para que eu não pudesse ver."

À noite era quase sempre eu quem fazia o jantar para mamãe, na casa dela ou na minha, alimentando-a bem com carne e batatas e massas. Depois eu ia andando pela grama úmida até a casa alugada onde eu me enfurecia sozinha. *Sturm und Drang*. De quem era mesmo a peça? Friedrich von Klinger. Kling. Klang. Bang. Mia Fredricksen revoltada contra o fator de estresse. Estressante. *Sturm und Stress*. Tempestade e Estresse. Lágrimas. Surra de travesseiro. Mulher Monstro explode no espaço em pedacinhos que caem e se espalham pela cidadezinha de Bonden. O grande teatro de Mia Fredricksen em sua aflição sem nenhuma plateia além daquelas paredes, não a Muralha dela, não Boris Izcovich, traidor, desgraçado, e amado. Não Ele. Não B.I. Nem sono sem a farmacologia e seu esquecimento sem sonhos.

"As noites são mais difíceis", falei. "Não paro de pensar no meu casamento."

Eu chegava a ouvir a respiração da Doutora S. "Que tipo de pensamento?"

"Fúria, ódio, e amor."

"Sucintamente", disse ela.

Imaginei o sorriso dela, mas disse: "Odeio ele. Recebi um e-mail: 'Como você está, Mia? Boris'. Minha vontade foi responder com uma cusparada".

"Provavelmente o Boris está se sentindo culpado, você não acha? E preocupado. Eu diria que ele está confuso também, e, pelo que você contou, a Daisy tem sido terrivelmente difícil, e isso deve mexer muito com ele. É óbvio que ele não deve ser uma pessoa que lida bem com conflitos. E não sem motivo, Mia. Pense na família dele, no irmão dele. No suicídio do Stefan."

Não respondi nada. Lembrei da voz grave de Boris ao telefone dizendo que tinha encontrado o corpo morto de Stefan. Lembrei do recado na parede da cozinha — "Ligar para o encanador" — e que cada letra que o compunha tinha algo estranho como se não fosse minha língua. Não fazia sentido, mas a voz na minha cabeça fora inequívoca, realista: "Você tem que ligar para a polícia e ir se encontrar com ele agora. Sem nenhuma confusão, sem pânico, mas com a consciência de que uma coisa terrível tinha acontecido e de que eu sofreria muito". Já aconteceu. Agora você precisa agir. Havia gotas de chuva na janela do táxi, de repente pequeninos fios de água, através dos quais eu via os edifícios nublados do centro e depois a placa tão familiar da North Moore Street, tão conhecida. O elevador com suas paredes frias e cinzentas, o guincho abafado ao chegar no terceiro andar. Stefan enforcado. A palavra *Não*. De novo. *Não*. Boris vomitando no banheiro. Minha mão na cabeça dele, abraçando-o com força. Ele não chorou; grunhiu nos meus braços como um animal ferido.

"Isso foi terrível", falei com voz neutra.

"Foi."

"Cuidei dele. Levantei-o do chão. O que ele teria feito se eu não estivesse lá? Como ele pode se esquecer disso agora? Ele virou pedra. Eu dava comida. Conversava. Aceitava esse silêncio. Ele não quis ajuda nenhuma. Voltou para o laboratório, para os experimentos, aí voltou para casa, e depois se fechou de novo como uma rocha. Às vezes acho que a minha raiva vai acabar me queimando inteira por dentro. Que vou simplesmente explodir. Vou ter outra crise."

"Explodir não é a mesma coisa que ter uma crise e, como a gente já falou, até mesmo a crise pode ter um propósito, seus significados. Você se controlou por muito tempo, mas aceitar as crises faz parte de estar bem e de estar viva. Acho que é isso por que você está passando. Você já não tem tanto medo de si mesma."

"Te amo, Doutora S."

"Fico contente de ouvir isso."

Ouvi a criança antes de vê-la: uma vozinha saindo dos arbustos. "Vou pôr vocês no jardim, isso, e sem bagunça, nã-nã-ni--na-nã... Nã-nã-nã-não! Plop, isso, aqui. Certo, olha, o morrinho pra vocês. Árvore dente-de-leão. Olha o ventinho. O.K., pessoal, uma casinha."

Da posição reclinada na espreguiçadeira do jardim onde estava lendo, notei as perninhas nuas chegando, mais dois passos, depois engatinhando. A criança, parcialmente visível, trazia na mão um balde verde de plástico, que prontamente virou na grama. Vi uma casinha de boneca cor-de-rosa e uma série de brinquedos, duros e macios, de diversos tamanhos, e por fim a cabeça da menina, que me assustou porque achei que ela estava usando uma espécie de peruca, uma invenção absurda, oxigenada e revolta, que me fez pensar em um Harpo Marx eletrocutado. A conversa dela prosseguia. "Pode entrar, Ratinho, você tam-

bém, Ursinho. Olha, vocês podem conversar aí. Os pratinhos!"
Saiu correndo, voltou depressa, soltou xicarazinhas e pratinhos
na grama. Toda entretida arrumando aquilo, depois os sons de
mastigação, beijos estalados e arrotos fingidos. "Não é educado
arrotar na mesa. Olha quem chegou, é o Girafinho. Você cabe
aí, Girafinho? Aperta." O Girafinho não cabia, de modo que a
manipuladora dos bonecos se contentou em deixar só a cabeça e
o pescoço do colega dentro de casa e o corpo para fora.

Voltei ao meu livro, mas a voz da garotinha me distraía com
pequenas exclamações e sussurros que eu podia ouvir. Um breve
silêncio foi seguido de um súbito lamento: "Que pena que eu
sou de verdade e não posso entrar na minha casinha e viver!".

Lembrei, como me lembrei daquele mundo fronteiriço do
Quase, onde os desejos são quase reais. Será que minhas bonecas se mexiam de noite? A colher se mexeu sozinha meio centí-
metro? Será que a minha esperança encantou a colher? O real
e o irreal como espelhos gêmeos, tão próximos um do outro que
ambos respiravam hálitos vivos. E o medo também. Você tinha
que lidar com a sensação inquietante de que os sonhos escapa-
ram do confinamento no sono e forçaram passagem para a luz
do dia. Você não gostaria, dizia Bea, que o teto fosse o chão?
Você não gostaria que a gente pudesse...

A menina estava a um metro e meio de distância, olhando
seriamente na minha direção, uma pessoa redonda e gorducha
de uns três, quatro anos com uma cara de lua e olhos grandes
sob a peruca engraçada. Em uma das mãos, ela segurava seu
Girafinho pelo pescoço, criatura ferida de batalha que parecia
precisar de internação.

"Oi", falei. "Como você se chama?"

Ela balançou vigorosamente a cabeça, inflou as bochechas,
virou-se de repente e saiu correndo.

Que pena que eu sou de verdade, pensei comigo.

* * *

Meu ataque de nervos antes da oficina de poesia para sete meninas na puberdade me pareceu ridículo, mas mesmo assim senti os pulmões apertados, ouvi minha respiração ofegante e rápida de ansiedade. Disse severa para mim: você deu aula de literatura em cursos de pós-graduação durante anos, agora são apenas crianças. Além disso, você devia imaginar que nenhum menino de respeito de Bonden se inscreveria numa oficina de poesia, que, aqui no interior, poesia é sinônimo de fraqueza, frescura, coisa de tias velhas. Quem haveria de se interessar além de umas poucas garotas com fantasias vagas e provavelmente sentimentais sobre escrever versinhos? Quem eu era afinal para achar que atrairia outro público? Eu tinha o meu prêmio Doris e era doutora em literatura comparada, e tinha o meu emprego na Columbia, camadas de respeitabilidade a dar provas de que não era um fracasso completo. Meu problema era que eu havia revirado para fora tudo o que havia dentro de mim. Depois de me desfazer em pedaços, perdi o excesso de confiança nas engrenagens da minha própria mente, a compreensão que me ocorrera já com mais de quarenta anos de que eu podia muito bem ser ignorada, mas meu pensamento era mais rápido do que o de praticamente todo mundo, que muita leitura transformara meu cérebro em uma máquina compacta capaz de resumir toda filosofia, ciência e literatura num só fôlego. Recobrei os ânimos fazendo uma lista de poetas loucos (uns mais do que outros): Torquato Tasso, John Clare, Cristopher Smart, Friedrich Hölderlin, Antonin Artaud, Paul Celan, Randall Jarrell, Edna St. Vincent Millay, Ezra Pound, Robert Fergusson, Velimir Khlebnikov, Georg Trakl, Gustaf Fröding, Hugh MacDiarmid, Gérard de Nerval, Edgar Allan Poe, Burns Singer, Anne Sexton, Robert Lowell, Theodore Roethke, Laura Riding, Sara Teasdale, Vachel

Lindsay, John Berryman, James Schuyler, Sylvia Plath, Delmore Schwartz... Embalada pela reputação de meus colegas maníacos, depressivos, que ouviam vozes, subi em minha bicicleta e fui ao encontro das sete flores poéticas de Bonden.

Quando vi minhas alunas sentadas ali em volta da mesa, fiquei mais calma. Eram de fato crianças. A realidade absurda mas pungente daquelas meninas na flor da idade as afirmava imediatamente, e fiquei com um nó na garganta ao me dar conta da tamanha simpatia que senti por elas. Peyton Berg, vários centímetros mais alta que eu, era muito magra, sem seios, sem saber o que fazer com os braços e as pernas como se os membros não fossem seus. Jessica Lorquat era minúscula, mas tinha corpo de mulher. Uma falsa atmosfera de feminilidade pairava sobre ela e se revelava principalmente numa afetação — uma voz fininha de bebê. Ashley Larsen, cabelo castanho liso, olhos um pouco saltados, chegou e sentou-se com o ar constrangido em decorrência de duas recém-adquiridas zonas erógenas — postando-se com o peito para a frente a fim de exibir os dois botões que ainda brotavam. Emma Hartley escondia-se por trás de um véu de cabelos loiros, sorrindo com timidez. Nikki Borud e Joan Kavacek, ambas gorduchas e altissonantes, pareciam funcionar acopladas, como uma única personagem risonha e afetada. Alice Wright, bonita, dentes grandes cobertos de aparelho, lia quando entrei e continuou lendo calmamente até que a aula começou. Quando ela fechou o livro, vi que era *Jane Eyre*, e por um momento senti inveja, a inveja das primeiras descobertas.

Pelo menos uma delas estava usando perfume, o que naquele dia quente de junho, mesclado à poeira da sala, me fez espirrar duas vezes. Jessica, Ashley, Nikki e Joan estavam vestidas para qualquer coisa menos uma oficina de poesia. Enfeitadas com brincos compridos, brilho nos lábios, sombras nos olhos, camisetas com frases que deixavam as barrigas de fora, de vários tamanhos e formas, pavonearam-se mais do que caminharam sala adentro. A Camarilha das Quatro, pensei. O conforto, a segurança, o grupo.

Comecei então minha fala. "Não existem regras", contei a elas. "Durante seis semanas, três dias por semana, nós vamos dançar, dançar com palavras. Nada é proibido — nenhum pensamento ou assunto. Bobagens, besteiras, tolices de todo tipo aqui são permitidas. Gramática, ortografia, nada disso importa, pelo menos não no início. Vamos ler poemas, mas os poemas de vocês não precisam se parecer com os que leremos aqui."

As sete ficaram em silêncio.

"Quer dizer que a gente pode escrever sobre qualquer coisa", disse Nikki sem pensar. "Até mesmo coisas indecentes."

"Se é o que você quer escrever", falei. "Na verdade, vamos usar 'indecente' como palavra para começar."

Depois de uma breve explicação sobre escrita automática, pedi que escrevessem algo em reação à palavra "indecente", qualquer coisa que lhes viesse à cabeça ao longo de dez minutos. Vários lápis escreveram rapidamente cocô, xixi, meleca e vômito. Joan incluiu "menstruação", o que provocou risinhos e expressões de espanto e me fez pensar em quantas delas já teriam passado aquele limiar. Peyton discorreu sobre estrume de vaca. Emma, incapaz, ao que parecia, de se deixar levar, se limitou a laranjas e limões mofados, e Alice, que era óbvio habitava o mundo do incuravelmente livresco, escreveu "afiado, cruel, pontiagudo, como facas atravessando minha carne macia", um verso que fez Nikki revirar os olhos e encarar Joan para confirmar o que era aquilo, confirmação que chegou na forma de risinhos reprimidos.

Aquela troca de olhares de desprezo ficou marcada em meu

peito com a brevíssima pontada de uma agulha e comentei em voz alta que "indecente" era uma palavra que abarcava mais do que coisas nojentas, que havia também os comentários maldosos, pensamentos maliciosos e pessoas indecentes. E assim fomos, sem objeções, até que depois de mais conversas, risos constrangidos, perguntas, a minha sugestão de que mantivessem todos os textos em um mesmo caderno, e o pedido de uma tarefa para casa — mais uma sessão de escrita automática com a palavra "frio" —, dispensei a turma.

A Camarilha das Quatro foi na frente com Peyton e Emma logo atrás. Alice continuou na carteira enquanto, encabulada, guardava cuidadosamente seu livro em uma grande sacola de lona. Então ouvi Ashley chamá-la com uma voz estridente, de taquara rachada: "Alice, você não vem?". (Aqui a preposição "com" poderia vir desacompanhada de um substantivo ou de um pronome no jeito de falar de Minnesota.) Olhando para Alice, vi a expressão em seu rosto mudar. Ela deu um sorriso breve e, pegando o caderno da mesa, correu avidamente atrás das outras. A felicidade indisfarçada de Alice combinada com o tom da voz de Ashley pela segunda vez em uma hora tocou em um ponto sensível para mim, mais corporal do que cerebral. Evocara alguém jovem e extremamente séria, uma menina que não tinha a distância da ironia ou o dom de encobrir suas emoções. Você É sensível demais. Aquelas duas mínimas trocas entre meninas perdurou dentro da minha cabeça ao longo da noite como uma antiga e irritante melodia, uma que eu achara que não iria quer ouvir nunca mais.

As meninas e seus corpos desabrochando podem ter sido um catalisador indireto do projeto que iniciei naquela mesma noite. Eu o usei como método para espantar os demônios que sempre apareciam à noite, todos chamados Boris, todos portando facas de diversos tamanhos. O fato de eu ter passado mais de metade da minha vida com aquele homem não significava que não tivesse havido um período Antes de Boris (doravante designado a.B.). Houve sexo, também, naquela era havia muito esquecida, sexo voluptuoso, sujo, delicado e triste. Resolvi catalogar minhas aventuras e desventuras carnais em um caderno novo, violar as páginas com minha própria história pornográfica e dar o melhor de mim para mantê-la isenta de marido. Os Outros, assim esperei, tirariam o Um da minha cabeça.

1. Eu tinha seis ou sete? Eu diria seis, mas não é certeza. A casa da minha tia e do meu tio em Tidyville. Meu primo mais velho Rufus relaxando no sofá. Se eu tinha seis, ele teria doze. Outras pessoas da família por perto, lembro, entrando e saindo da sala. Era verão. Entrava sol pela janela, viam-se a poeira na luz, um ventilador ligado no canto. Quando passei pelo sofá, Rufus me puxou para o colo dele, nada demais. Éramos primos. Ele começou a me fazer carinho, ou melhor, a me massagear no meio das pernas, como se eu fosse uma massa, e fui tomada por uma sensação de calor, um misto de leve excitação acompanhada da impressão de algo não muito certo de fazer. Coloquei minhas mãos nos joelhos dele, empurrei, caí do colo dele no chão e fui embora. Acho que essa apalpação passageira pode ser considerada minha primeira experiência sexual. Nunca esqueci. Embora não tenha sido nada traumática, era desconhecida, uma curiosidade que deixou impressa uma marca definitiva na minha lembrança. Minha visão desse acontecimento, que nunca comentei com ninguém, a não ser com Boris, seguramente equivale ao que Freud chamou (ou melhor, como James Stratchey traduziu) de "reação atrasada" — lembranças antigas que ganham significados diferentes conforme a pessoa envelhece. Se eu não

me esquivei depressa demais, se não fui capaz de manter a consciência da minha própria vontade, o abuso poderia ter deixado cicatrizes. Hoje em dia seria considerado crime e, se descoberto, mandaria um menino como Rufus para a prisão ou para ser tratado como criminoso sexual. Rufus virou dentista especializado em implantes. Da última vez que o vi, ele estava lendo uma revista chamada *Implantology*.

2. Lucy Pumper anuncia no ônibus da escola: "Eu sei que tem que fazer isso para ter filho, mas precisa tirar toda a roupa?". Lucy era católica — uma categoria exótica: incenso, paramentos, crucifixos, rosários (todos cobiçadíssimos) — e tinha oito irmãos e irmãs. Admiti seu conhecimento superior. Eu, por outro lado, olhava obscuramente através daquele vitral e não tinha nada a dizer. Tinha nove anos de idade e acreditei piamente que iria descobrir algum tipo de reflexo se olhasse com bastante atenção, mas, quando eu fitava tudo à minha frente, não fazia ideia do que estava vendo. Toda a roupa?

Um aparte: prometi não fazer isso, mas não consigo evitar. O cabelo dele era escuro na época, quase preto, e não havia nenhuma carne mole, macia, embaixo do queixo. Sentado à mesa na minha frente na doceria húngara, ele me explicou lenta e lucidamente sua pesquisa, fazendo um esquema no guardanapo com uma caneta Bic. Inclinei-me para ver, acompanhei uma das linhas que ele fez com meu dedo e o fitei. Elétrico. Colocou a mão sobre a minha e apertou meus dedos contra a mesa, mas senti mesmo entre as pernas. Senti a mandíbula afrouxar e a boca abrir. Foi ótimo, meu amor, não foi? Não foi?

Estou gritando: Todos esses anos você veio em primeiro lugar! Tudo você, nunca eu! Quem limpava, fazia o serviço de casa, esfalfando-se para fazer as compras! Übermensch fálico viajando para uma conferência. Os correlatos neurais da consciência! Tenho vontade de vomitar!

Por que você está sempre tão irritada? O que aconteceu com o seu senso de humor? Por que você está reescrevendo a sua vida?

Lembro partes, trechos,
Uma cadeira sem a sala,
Uma frase voando, um berro, uma cena na neblina,
Síncopes hipocampais
Que invocam David Hume,
Tão pálido, esguio e fantasmagórico
Quanto eu.

Querida mamãe,
Tenho pensado em você todos os dias. Como está a vovó? A peça termina em agosto e então irei passar uma semana aí. Estou adorando fazer a Muriel. Ela é ótima — um grande papel e finalmente uma comédia! As pessoas têm dado muita risada. Eu disse a Freddy que o texto era um horror, mas ele continuou me mandando ver aqueles filmes pavorosos em que torturam e matam a mocinha. Eca!
O teatro está tentando arrecadar dinheiro, mas isso não é fácil nessa terra de ninguém no meio do nada. Jason vai bem, mas está odiando a minha agenda.
Fui almoçar com o papai, só que não deu muito certo. Mamãe, ando muito preocupada com você. Você está bem? Te amo muito.
Sua Daisy

*　*　*

Mandei para a minha Daisy um recado reconfortante.

"Ele não era uma pessoa fácil de estar casada, o seu pai", disse minha mãe.

"Não", falei, "eu sei disso."

Minha mãe estava sentada em uma cadeira, abraçando seus joelhos finos. Pensei comigo que, embora a idade tivesse feito seu corpo encolher, havia também feito dela uma pessoa mais intensa, como se a falta de tempo à frente a houvesse despido de toda gordura — física ou mental.

"Golfe, o direito, palavras cruzadas, martínis."

"Nessa ordem?", sorri para ela.

"Possivelmente." Minha mãe suspirou e esticou a mão para tirar uma folha morta de um vaso na mesa a seu lado. "Eu nunca contei isso a você", disse ela, "mas, quando você ainda era pequena, acho que o seu pai se apaixonou por outra pessoa."

Respirei fundo. "Ele teve um caso?"

Minha mãe balançou a cabeça. "Não, acho que não teve sexo. A retidão dele era absoluta, mas houve sentimento."

"Ele lhe contou isso?"

"Não. Eu descobri."

Então esse era o ciclo vicioso da vida conjugal, pelo menos entre os meus pais. O confronto direto, de qualquer espécie, havia sido extremamente raro. "Mas ele acabou admitindo?"

"Não, ele não confirmou mas também não negou nada." Minha mãe comprimia os lábios. "Ele tinha muita dificuldade, você sabe, de falar comigo sobre qualquer coisa dolorosa. Ele dizia: 'Por favor, não. Eu não posso'."

Enquanto ela falava, uma imagem mental do meu pai se

formou abruptamente na minha cabeça. Ele estava sentado de costas para mim, olhando silenciosamente o fogo, uma revista de passatempos a seus pés. Depois deitado na cama do hospital, uma figura comprida e esquelética embalada em morfina, já não mais consciente. Lembro de minha mãe tocando o rosto dele. A princípio, com um único dedo, como se refizesse seus traços diretamente sobre o corpo, um desenho sem palavras da expressão do marido. Mas em seguida ela apertou a testa dele com a palma da mão, suas faces, olhos, nariz, pescoço, pressionando a carne com a força de uma mulher cega desesperada para memorizar seu rosto. Minha mãe, ao mesmo tempo forte e arrasada, lábios contraídos, olhos arregalados de urgência, começou a se agarrar a seus ombros e braços e depois a seu peito. Virei de costas diante dessa exigência privada de seu homem, essa declaração possessiva de tempo passado, e saí do quarto. Quando voltei, meu pai tinha morrido. Parecia mais jovem morto, estável e incompreensível. Ela estava sentada no escuro com as mãos no colo. Linhas finas de luz da veneziana listravam sua testa e sua face, e naquele instante senti um profundo respeito, apenas reverência.

Em reação ao meu silêncio, minha mãe continuou. "Estou falando nisso agora", disse ela, "porque às vezes desejei que ele tivesse arriscado, tivesse se atirado aos pés dela. Ele podia, é claro, ter fugido com ela, e depois podia se cansar dela..." Ela expirou ruidosamente, uma longa respiração estremecida. "Ele voltou para mim, emocionalmente, quero dizer, até onde era possível para ele. E isso durou alguns anos — essa distância —, depois acho que ele parou de pensar nela, ou, se pensava, ela já tinha perdido aquele poder."

"Sei", falei. Disso eu entendia. A tal da Pausa. Fiz força para lembrar o soneto 129. Que começa assim: "O gasto de espírito na devastação da vergonha", e depois os versos sobre luxúria,

35

"luxúria em ação". Em algum ponto vêm as palavras "assassina, sangrenta, cheia de culpa..."

Relegada ao desprezo logo que fruída;[*]

Alguma coisa, alguma coisa... e daí:

Insana ao perseguir, e assim na possessão,
Extrema ao ter, depois de ter, e quando à espera,
Bênção na prova, mas provada, uma aflição,
Antes uma alegria, após, uma quimera:
   Tudo isso o mundo sabe, embora saiba mal
   Como evitar o céu que leva a inferno tal.

"Quem era ela, mamãe?"
"Que importância isso tem?"
"Nenhuma, talvez não tenha", menti.
"Ela já morreu", disse minha mãe. "Ela morreu faz doze anos."

Naquela noite, ao virar a chave na fechadura, senti uma presença do outro lado da porta, um ser pesado, ameaçador, palpável, vivo, ali, parado de pé como eu, com a mão levantada. Ouvi minha respiração na soleira, senti a noite fresca em meus braços nus, ouvi um motor de carro dando a partida não muito distante, porém não me mexi. Nem o tal ser. Lágrimas idiotas brotaram dos meus olhos. Eu havia sentido aquele mesmo ser pesado anos atrás ao pé da escada de casa, um Eco que me esperava. Contei até vinte, esperei mais vinte, depois empurrei a por-

---

[*] A partir deste verso, utilizou-se a tradução de Péricles Eugênio da Silva Ramos (*Shakespeare, Sonetos*, Hedra, 2008). (N. T.)

ta com força e acendi a luz para enfrentar o sereno vazio do vestíbulo. Tinha sumido. Aquela coisa que não era uma superstição ou uma vaga apreensão, e sim uma convicção pressentida. Por que havia voltado? Fantasmas, demônios e duplos. Lembrei de quando contei ao Boris sobre essa presença que me aguardava, invisível mas densa, e os olhos dele se iluminaram de interesse. Isso no tempo em que ele ainda gostava de mim, antes que seus olhos embotassem, antes da morte de Stefan, o irmão caçula que pulou e morreu, tão inteligente, ó Deus, o jovem filósofo que impressionara a todos em Princeton, que os fizera vibrar, que adorava conversar comigo, comigo, não só com o Boris, que lia os meus poemas, que segurava a minha mão, que estava morto antes que pudesse me visitar no hospital onde ele também estivera, também internado, em seus voos para o céu e seus mergulhos no inferno. Odiei você por isso, Stefan. Você sabia que ele o encontraria. Você devia saber que ele o encontraria. E você devia saber que ele me ligaria e que eu iria atrás dele. Por quase um segundo, vi a poça de urina no chão misturada com as fezes líquidas manchando o soalho. Não.

Pare de pensar nisso. Não pense mais nisso. Volte para a presença.

Boris tinha me falado sobre presenças. Karl Jaspers, *wunder Mensch*, chamara o fenômeno de *leibhaftige Bewusstheit*, e uma outra pessoa, sem dúvida um francês, de *hallucination du compagnon*. Será que eu já era louca quando menina? Jogava pedra na lua? Nem tanto, foram sim alguns meses, meses cruéis em que senti Aquilo me esperando no final da escada. "Não necessariamente louca", Boris me disse com aquela voz dele, rouca de charuto, e depois sorriu. Alguns pacientes, disse ele, sentem mesmo essas presenças, principalmente os da ala psiquiátrica e da neurologia, mas também algumas pessoas normais. Sim, hordas de inocentes sem diagnóstico, como vocês, prezados leitores, cujas mentes não estão nada estragadas ou desordenadas ou despedaçadas, mas simplesmente sujeitas a uma ou outra excentricidade.

Tentei me lembrár da época, deitada no sofá, livre de presenças, para desenterrar as crueldades mais remotas da sexta série, "calma e objetivamente", como dizem na televisão ou nos livros ruins. Houve uma trama ou várias tramas, uma palavra grandiosa para as armações de garotinhas, mas será que a idade de quem as perpetrou ou a localização da intriga realmente importam? O playground ou a corte da realeza? A humanidade não é sempre assim?

Como começara? Uma festa do pijama. São fragmentos apenas. Uma coisa é certa: era para eu não respirar até desmaiar, prendendo o ar até cair deitada no colchão. Era uma bobagem, e eu tinha ficado com medo do rosto da Lucy, todo branco.

"Não seja covarde, Mia. Vai. Vamos." Ganidos de cumplicidade.

Não. Eu não. Por que alguém haveria de querer desmaiar? Eu achava que ficaria muito vulnerável. Não gostava de ficar tonta.

As meninas cochichavam perto de mim. Sim, eu ouvia, ainda que não conseguisse entender. Meu saco de dormir era azul com um tecido xadrez escocês. Disso eu me lembro claramente. Eu cansada, tão cansada. Havia algo sobre mira, mirar em alguma coisa, depois uma faca. Uma piada cifrada.

Rio com elas, sem querer ficar de fora, e as meninas riem ainda mais. Minha amiga Julia, mais do que todas elas. Depois disso adormeço. Uma menininha confusa e ignorante.

O bilhete na classe: "Mira, unhas sujas, cabelo ruivo seboso. Vai tomar banho, sua porca". Entendi por fim que se tratava de uma brincadeira com o meu nome. Mia, não mira.

"As minhas unhas estão limpas e o meu cabelo também."

Ataques de risadas. O grupo todo se revirando às gargalhadas e me empurrando para o buraco. Não diga nada. Finja que não está ouvindo nem vendo nada.

Os cutucões na escada.

"Pare de me cutucar."

O rosto de Julia não esboçava expressão. "Qual é o seu problema? Eu nem encostei em você. Você é maluca."

Mais cutucões furtivos, "minha imaginação", no vestiário das meninas.

Lágrimas solitárias no banheiro.

Depois, basicamente, deixei de existir.

Rejeitar, excluir, ignorar, excomungar, exilar, expulsar.

A fria indiferença. O silêncio no trato. Confinamento solitário. De castigo.

Em Atenas, deram forma ao ostracismo para se livrar dos suspeitos de ter acumulado muito poder, a partir de *ostrakon*, grego para "caco". Escreviam os nomes dos perigosos em lascas de louça quebrada. Cacos de palavras. As tribos patanes no Paquistão exilam os membros renegados, mandando-os para o meio do nada poeirento. Os apaches ignoram as viúvas. Temem os paroxismos da tristeza e fingem que aquelas que sofrem não existem. Chimpanzés, leões e lobos, todos possuem formas de ostracismo, obrigando um dos seus a sair do grupo, por ser fraco demais ou estrepitoso demais para ser tolerado. Os cientistas descrevem isso como um método "inato e adaptativo" de controle social. Lester, o chimpanzé, desejava obter um poder maior do que o permitido por sua posição, tentava transar com fêmeas que eram demais para ele. Não sabia seu lugar e, por fim, foi expulso. Sem os outros, ele morreu de fome. Os pesquisadores encontraram seu corpo inchado embaixo de uma árvore. Os amish chamam isso de "Meidung". Quando um membro infringe uma lei, é afastado. Cessam todas as interações, e esse contra quem o grupo se virou acaba sofrendo privações ou coisa pior. Um homem comprou um carro para levar o filho doente ao médico, mas os amish não têm permissão para dirigir. Depois dessa falha, os poderes instituídos declararam-no anatematizado. Ninguém mais o reconhecia. Velhos amigos e vizinhos olhavam através dele. Ele já não existia mais entre eles, e então se perdeu de si mesmo. Baixava a cabeça diante de seus rostos inexpressivos. Até sua postura mudou; ele foi se dobrando para dentro; e descobriu que já não conseguia comer nada. Sua visão desfocou-se, e um dia, ao falar com o filho, notou que sua voz era um sussurro. Arranjou um advogado e processou os anciões. Pouco depois, seu filho morreu. Um mês depois, ele mesmo morreu. De Meidung, ou "morte lenta". Dois anciões que haviam aprovado esse Meidung também morreram. Eram corpos por todo lado da cena.

Na época parecia que tinha sido vítima de um feitiço maligno, cuja origem não podia ser encontrada, apenas pressentida, pois os crimes eram pequenos e quase sempre secretos: cutucões inexistentes, bilhetes ferinos que ninguém tinha escrito: "Você é uma grande fraude", a misteriosa destruição do meu trabalho de Inglês, o desenho que eu tinha deixado na minha mesa — encontrado todo rabiscado —, zombarias e cochichos pelos cantos, telefonemas anônimos, o silêncio da resposta não obtida. Nós nos descobrimos encarando os outros, e assim por algum tempo todos os espelhos refletiram uma estranha, uma forasteira desprezada e indigna de estar viva. Mia. Reescrevi. I am, eu sou. Escrevi inúmeras vezes no caderno. Eu sou Mia. I am Mia. Entre os livros de minha mãe encontrei uma antologia de poemas e, nela, o poema de John Clare, "Eu sou".

Eu sou: e no entanto o que sou não interessa a ninguém
Meus amigos me esqueceram, uma lembrança perdida, ´
Eu sou o que devora as próprias mágoas —

Que surgem e somem, hóspedes do olvido,
Feito sombras no estridor frenético do amor contido —
E contudo eu sou e vivo — feito fumaça lançada

No vazio do escárnio e da balbúrdia...

Eu não fazia ideia do que significava "devorar as próprias mágoas". Podia ter ajudado agora. Uma certa ironia, uma criança, uma certa distância, um certo humor, uma certa indiferença. A indiferença foi a cura, mas não consegui me encontrar nela. A cura mesmo foi fugir. Simples assim. Minha mãe deu um jeito. Academia St. John em St. Paul, um internato. Lá sorriram para mim, me reconheceram, fiz amizades. Lá conheci Rita, coconspiradora de longas tranças negras e revistas *Mad*, fã de Ella, Piaf e Tom Lehrer. Uma em cada beliche, cantávamos com a harmonia torta a letra inteira de "Poisoning pigeons in the park". (Eu sentia pena dos pombos fictícios, na verdade, mas a deliciosa camaradagem com Rita compensava muito a ponta de remorso.) Suas pernas morenas. As minhas, brancas sardentas. Meus poemas tão ruins. Seus cartuns, tão bons.

Lembro de minha mãe parada como ela fazia na porta do nosso quarto no primeiro dia. Ela era tão mais moça, e não consigo lembrar precisamente dos traços de seu rosto na época. Lembro de seu olhar preocupado e esperançoso pouco antes de me deixar lá, e que quando a abracei esmaguei meu rosto no ombro dela e disse a mim mesma para inspirar fundo. Queria conservar seu cheiro comigo — aquele odor mesclado de talco, sua fragrância Shalimar e lã.

É impossível descortinar uma história enquanto a estamos vivendo; não tem forma, mas uma procissão incipiente de palavras e coisas, e sejamos francos: nunca se recupera o que passou. A maior parte some mesmo. E, no entanto, sentada aqui em minha escrivaninha tentando recuperar isso tudo, aquele verão nem tão distante, sei que houve curvas no caminho que afetaram o que viria depois. Algumas delas se destacam como obstáculos em um mapa, entretanto eu era então incapaz de percebê-los porque minha visão das coisas estava perdida na morosidade indistinta de se viver um momento atrás do outro. O tempo não é externo – é interno. Apenas nós temos passado, presente e futuro, e o presente é de todo modo uma experiência tão fugaz; mais tarde ele é retido e codificado ou escorrega para dentro da amnésia. A consciência é produto do retardo. Em algum momento no início de junho, durante a segunda semana da minha estada, fiz uma curva sem me dar conta disso, e acho que tudo começou com os alumbramentos secretos.

Abigail havia combinado de me mostrar seus artesanatos. O apartamento dela era menor que o de minha mãe e, a princípio, me senti inundada pelas prateleiras de minúsculas miniaturas de vidro, almofadas bordadas e placas com dizeres nas paredes ("Lar Doce Lar"), e mantas multicoloridas dispostas sobre os móveis. Diversas obras de arte cobriam a maior parte das paredes e a própria Abigail, que trajava um vestido longo e largo com uma estampa do que parecia ser um jacaré e outras criaturas. Apesar da densa decoração, a sala dava a sensação de estar arrumada, recém-espanada, de orgulho que acabei associando às Cisnes de Rolling Meadows. Como já não conseguia ficar ereta, Abigail usava um andador para se locomover com destreza, apesar de estar dobrada sobre si mesma. Abriu a porta, aproximou a cabeça de lado para me ver e, colocando o dedo da mão livre em seu aparelho auditivo, olhou seriamente para mim. O aparelho para surdez não era como o que minha mãe usava; era muito maior e saltava de suas orelhas como grandes flores escuras. Grossos fios pendiam dos aparelhos, e me perguntei se aquilo seria uma tecnologia avançada para extrema surdez ou um retrocesso a uma era anterior. Embora nem fosse tão grande assim, o aparelho me lembrou as cornetas acústicas do século XIX. Ela me acomodou em uma poltrona, ofereceu biscoitos e um copo de leite, como se eu tivesse sete anos, e em seguida, sem preliminares, trouxe-me os dois trabalhos que havia escolhido para me mostrar e colocou um em cima do outro em meu colo. Lentamente ela foi até o sofá verde e com cuidado se posicionou de um modo que era doloroso de olhar, mas sua expressão entusiasmada, direta, mitigou meu desconforto e peguei a primeira peça.

"Essa é uma das antigas", disse ela. "Não me incomoda. É o melhor que posso dizer dela. Pelo menos essa aí não me incomoda. Depois que eu termino, algumas ficam me incomodando, e então preciso me livrar delas, vão direto para o armário. Bem, o que você achou?"

Depois de tirar meus óculos de leitura, olhei novamente para aquela elaborada cena do que parecia ser um clichê: em primeiro plano um menininho loiro e angelical de retalhos de feltro dançava com um urso contra um fundo conturbado de padrões florais. Acima dele havia um sol amarelo com um rosto sorridente. Felicíssimo, pensei. A expressão sarcástica era de Bea. Mas então tornei a olhar e reparei que atrás do garotinho bobo, como que escondida pelas folhas da padronagem, havia uma minúscula menina bordada no tecido, feita de contas de cores atenuadas. Segurando uma tesoura grande demais para ela, como uma arma, ela sorri maliciosamente para um gato que dorme. Então vi, em cima da menina, uma dentadura, cor-de-rosa-claro, que, sem a devida atenção, podia ser confundida com pétalas, e uma chave-mestra de um verde acinzentado. Continuei a analisar as formas em meio à folhagem e notei o que parecia ser um par de seios nus em uma janelinha e logo depois algumas palavras, cujas letras eram tão pequenas que precisei afastar os olhos para ler: Lembra-te de que minha vida é um sopro. Eu sabia que tinha lido aquilo em algum lugar, mas não onde.

Quando ergui os olhos, Abigail sorriu.

"Não é o que parece ser à primeira vista", gritei para ela. "A menina. Os dentes. De onde é essa citação?"

"Berrar não ajuda", ela disse em voz alta. "Uma voz alta e firme já melhora. Jó. 'Lembra-te de que minha vida é um sopro; os meus olhos não tornarão a ver o bem'."

Não falei nada.

"As pessoas não percebem, sabe como é?" Abigail mexeu em um dos fios de seu aparelho e inclinou a cabeça. "A maioria. Elas só enxergam o que esperam ver, querida, não percebem o tempero, se é que você me entende. Até mesmo a sua mãe demorou para reparar. Claro, a visão dessas partes não é lá muito atraente. Comecei a fazer isso, oh, faz muitos anos, no meu clube de artesanato, criei meus próprios padrões, mas não daria para mostrar isso aí — assim declaradamente —, sabe como é, então comecei o que chamo de meus alumbramentos privados, pequenas cenas dentro de cenas, roupas íntimas secretas, se é que você me entende. Dê uma espiada no próximo. Tem uma portinha."

Depositei o tecido no meu colo e baixei os olhos para as rosas bordadas em amarelo e rosa sobre um fundo de folhas em vários tons de verde. Os pontos eram impecáveis. Havia ainda minúsculos botões em tons pastel aqui e ali sobre o motivo floral. Nada de porta.

"Um dos botões se abre, Mia", ela disse. Sua voz oscilava quando ela falava, e pude sentir sua excitação.

Após verificar diversos botões, ergui os olhos para ver Abigail agarrar-se ao andador, e tentar duas vezes se levantar do sofá, e começar a se mover lentamente na minha direção — andador, um baque, um passo, um baque, um passo. Quando chegou perto, baixou a cabeça acima da minha e apontou para um botão de rosa amarela. "Esse. Puxe."

Abri o botão e puxei. O tecido cor-de-rosa deu lugar a uma paisagem diferente. A imagem sobre o meu colo era outro bordado, dominado por um imenso aspirador de pó azul cinzento, completo, até com a marca Electrolux do lado. Não estava no chão, mas pairava no ar, uma máquina voadora guiada por uma mulher, praticamente nua, desproporcionalmente pequena — só de salto alto — que flutuava ao lado, no céu azul, comandando seu tubo comprido. O eletrodoméstico tratava de sugar uma cidade em miniatura logo abaixo. Distingui as duas perninhas de um homem minúsculo para fora do bico do aspirador e os cabelos de outro eriçados pela sucção do ar, boquiaberto, aterrorizado. Vacas, porcos e galinhas, uma igreja e uma escola, tudo era arrancado do chão e logo seria digerido pelo tubo faminto. Abigail trabalhara duro na cataclísmica sucção; cada corpo e edifício fora realizado com pontos minúsculos e precisos. Então vi a placa em miniatura em que se lia BONDEN no ar, prestes a ser engolida pelo aspirador. Pensei nas horas de trabalho e prazer que aquilo devia ter ensejado, um prazer secreto, com um toque de raiva ou vingança ou pelo menos uma feliz sensação de indiretamente destruir algo. Vários dias, talvez meses, para criar aquele "paninho".

Um som baixo saiu da minha garganta, mas não creio que ela tenha ouvido. Olhei para ela, assenti, sorri, deixando claro que tinha gostado, e disse, com cuidado para não berrar: "É genial".

Abigail voltou devagar ao sofá. Esperei os baques e passos, e depois o ritual de sentar: que começou com uma inclinação do andador, com os dois pulsos, e em seguida ela se balançou e se soltou sentada no sofá. "Isso eu fiz em cinquenta e sete", ela disse. "Hoje isso seria demais para mim. Meus dedos não cooperam, é muito trabalhoso."

"Você teve que esconder das pessoas?"

Ela assentiu, depois sorriu. "Eu era muito louca na época. Fez com que eu me sentisse melhor."

Abigail não espichou o assunto, e eu não era íntima o bastante para insistir. Ficamos ali sentadas mais um pouco sem falar nada. Observei a velha Cisne comer seu biscoito elegantemente, tirando com delicadeza as migalhas do canto da boca com um guardanapo bordado. Depois de alguns minutos, eu disse que precisava ir embora, e, quando ela fez menção de se levantar, falei que não precisava se incomodar de me levar até a porta. E então, num acesso de admiração, inclinei-me até sua bochecha e a beijei calorosamente.

O que sabemos afinal sobre as pessoas? Pensei. O que diabos sabemos sobre qualquer pessoa?

Depois de uma semana de oficina, minhas sete garotas se revelaram por detrás de seus guarda-roupas e tiques adolescentes, e passei a me interessar de fato por elas. Ashley e Alice, as duas meninas A, eram amigas. Ambas brilhantes, tinham lido livros, até mesmo alguns poetas, e disputavam a minha atenção na sala de aula. Ashley, no entanto, era toda segura de si, de um modo que Alice não podia ser. Alice era introspectiva. Algumas vezes, absorta, ela colocava o dedo no nariz em plena aula enquanto trabalhava num poema. Ela tinha um pendor para bombásticas imagens românticas — charnecas, torrentes de lágrimas, seios selvagens — que indicavam sua imersão nas irmãs Brontë, mas que muitas vezes pareciam apenas tolas, quando ela as lia com uma voz alta e emocionada que fazia suas compatriotas se encolherem constrangidas. Porém, apesar da pretensão, ela escrevia corretamente e com muito mais sofisticação do que qualquer das outras meninas e acabou criando versos de que gostei de verdade: "O silêncio é um bom vizinho" e "Fiquei vendo meu triste ser indo embora". Ashley, por sua vez, tinha uma boa sensibilidade para o que funcionava com as outras. Ela gostava de rimas, por influência do rap, e impressionava as amigas com sua agilidade, combinando chato com chat, por exemplo, prato com gato. Tinha uma facilidade natural para a política da sala de aula, e distribuía elogios, consolos e críticas delicadas em doses benevolentes às colegas. Emma perdeu um pouco da timidez, jogou o cabelo para o lado e revelou senso de humor: "Nunca ponha arco-íris no poema. Nunca rime crer e ver, mas xale com vale sim". Depois de algumas aulas, Peyton ficara tão à vontade que sentava com uma cadeira extra para esticar as pernas compridas. Como o de Alice, o corpo de Peyton estava em desvantagem com relação ao das outras meninas. O surto hormonal da puberdade não dava sinais de tê-la visitado, e, embora certamente isso a preocupasse, eu não podia deixar de pensar que o atraso nesse campo tinha lá suas vantagens. Em todo caso, foi como interpretei a grama em sua bermuda e o fato de que cavalos, não garotos, continuamente aparecessem em seus poemas. Jessie já era uma mulherzinha, mas eu sentia que ela travava uma batalha interna. O corpo maduro podia ter vindo depressa. O campo da bem-vinda batalha se enfeitava e emanava um aroma almiscarado, enquanto o outro lado usava camisetas largas para disfarçar os seios fartos que pareciam crescer a cada semana. Tudo mais que se passasse na vida íntima de Jessie era escondido atrás de clichês. A opressiva estupidez de frases como "Você só tem que acreditar em si mesma" e "Não deixe que nada te deprima" eram recorrentes, incessantes, e logo compreendi que não se tratava apenas de preguiça de expressão, mas de ditames do dogma, e ela não abriria mão deles sem relutância. Após seus primeiros esforços, delicadamente sugeri que repensasse a escolha das palavras e que se examinasse mais de perto. "Mas isso é verdade", ela diria. Concedi. Que importância tinha aquilo afinal? Perguntei a mim mesma. Ela provavelmente precisava daqueles lemas para apaziguar o próprio conflito. Nikki e Joan seguiram como um time, apesar de ser perceptível que Nikki era o membro dominante. Um dia as duas chegaram com o rosto branco, delineador pesado e batom preto, uma experiência sobre a qual decidi não fazer nenhum comentário. O figurino de Halloween, contudo, não teve nenhum efeito sobre suas personalidades, que continuavam expansivas. Aqueles ataques de risinhos contidos só se comparavam ao prazer que demonstraram com poemas de peidos, algo contagiante de um jeito genuíno, e reagiram calorosamente à minha breve lição de escatologia na literatura. Rabelais. Swift. Beckett.

Eu não me iludia a ponto de achar que sabia o que se passava na vida daquelas sete. Depois da oficina, os telefones de repente apareciam em suas mãos, e notei como seus polegares escreviam textos em alta velocidade, metade deles, aparentemente, para as próprias amigas do outro lado da sala. Uma terça-feira depois da aula abri um e-mail de Ashley.

Cara senhora Fredricksen,

Eu precisava dizer que o curso está ótimo. Minha mãe disse que eu iria mesmo gostar, mas eu não estava acreditando muito nela. Ela tinha razão. Você é realmente diferente das outras professoras, mais como uma amiga. Não como um ANJO. Estou aprendendo muito. Acho que eu precisava dizer isso. Também queria dizer que adoro o seu cabelo.

Sua dedicada aluna,

Ashley

E outra mensagem de um endereço que não reconheci.

Sei tudo a seu respeito. Você é Louca, Maluca, Pinel.
Sr. Ninguém.

Foi como um tapa na cara. Lembrei-me da placa "Agência
Nacional de Saúde Mental" na parede da pequena biblioteca
do hospital: Lutando contra o Estigma da Doença Mental. *Stig-
matos*, marcado por instrumento agudo, marca de ferida. Em
algum momento, muito depois, no século XV talvez, passou a
significar também uma marca de desgraça. As feridas do Cristo
e das santas e histéricas que sangravam pelas mãos e pés. *Stig-
mata*. Perguntei-me quem haveria de querer me assediar ano-
nimamente — e com que propósito? Inúmeras pessoas deviam
saber que eu tinha sido internada, mas eu não conseguia imaginar quem poderia querer me mandar esse recado. Tentei me
lembrar se dera meu e-mail a algum outro paciente, para Laurie
talvez, triste, triste Laurie, que ficava se arrastando de chinelos
abraçada ao seu diário, soltando gemidinhos. Era possível, mas
improvável.

Ao me deitar à noite na cama, nervosa pelas tempestades de
costume — o bilhete de Stefan: É duro demais; a Pausa apertando minha mão no laboratório e sorrindo, a lembrança de Boris
na cama e o peso do sono no corpo dele, e então sua cara de
morte vindo comunicar sua decisão, e Daisy, aos prantos, sons
de sua respiração estremecida e do nariz escorrendo; ela está
soluçando porque o pai vai abandonar a mãe, e penso na inescrutável paixão do meu próprio pai por outra pessoa — a palavra
"maluca" volta, e eu a afasto; então a palavra em maiúsculas na
mensagem de Ashley, ANJO, aparece por um momento na tela
atrás das minhas pálpebras fechadas. Penso nos visitantes celes-
tiais de Blake, a lenda do dom sobrenatural de Rilke, as primeiras palavras das "Elegias de Duíno", e em Leonard, meu colega

internado na Unidade Sul. Ele se declarava o Profeta do Nada. Pontificava e discorria e claramente adorava os tons retumbantes de sua voz de baixo, discursando a quem quisesse ouvir. Mas ninguém lhe dava ouvidos, pelo menos não seus colegas pacientes, nem a equipe. Mesmo o psiquiatra dele demonstrava um olhar vazio quando se sentava diante de Leonard em uma sessão que consegui ver de relance através de uma das grandes janelas. Ele me interessou, contudo, e seus apelos grandiosos tinham um brilhantismo genuíno. Na manhã em que tive alta, sentei-me com ele na área de convivência. Com sua cabeça calva cercada de cachos grisalhos que lhe caíam sobre os ombros, Leonard se parecia com seu personagem. Ele se virou para mim e começou com as profecias. Ele me falou sobre Meister Eckhart como um mensageiro do Nada, que influenciara Schelling, Hegel, Heidegger. E me disse que a *angst* de Kierkegaard era um encontro com o Nada, e que nós vivíamos um tempo da realização desse Nada, o que era essencial e místico; "Isso não deveria passar despercebido", disse ele, agitando o indicador, "que devemos nos abrir para a verdade de que o Nada é o terreno primordial deste mundo". Leonard podia ser louco, mas seus pensamentos não estavam nem de longe tão confusos quanto os poderes instituídos no hospital consideravam. Ele continuou com sua oratória explicando que aquilo tudo estava relacionado aos níveis profundos do budismo, e, quando fui caminhando em direção a Daisy, que entrara pela porta para me levar para casa, ele mudou para o *Fausto* de Goethe e a descida ao domínio das Mães e a união com o nada, e foi a última coisa que escutei dele.

Um solitário. Ele não poderia ser o Sr. Ninguém, ou poderia? Depois que saí do hospital, lamentei não ter deixado claro para ele que eu estava acompanhando pelo menos alguns de seus voos, mas tudo o que consegui pensar na hora foi no rosto da minha filha. E isso era tudo o que importava.

Lembrar de mim como ela,
Embalada em quartos
Brancos como ovos.
Um subterrâneo de barbantes —
Essas linhas violentas
Do que se chamou
Coração, perdidas em
Minha boca agora amarga.
"Emaranhado", ele disse.

Não, nós.
Não esse ou esses outros,
Ela era distinta,
Creio. Numa estante à parte.
Colocá-la de lado.
Coisa inanimada.
Colocá-la de lado,
E deixar que se embale.

"Querida Mia", escreveu Boris. "Não importa o que aconteça entre nós, é muito importante para mim saber como você está. Pelo bem de Daisy, também, precisamos manter a comunicação. Por favor, responda dizendo se você recebeu esta mensagem." Tão razoável, pensei, aquela prosa dura: *manter a comunicação*. Senti como se mordesse alguma coisa. Ele estava obviamente preocupado. Ele me vira no dia seguinte ao de minha internação no hospital, viu que eu estava aguda, desiludida e alucinada, *bouffée délirante*, e estava convencida de que ele roubaria o apartamento e me jogaria no olho da rua, uma conspiração orquestrada com a Pausa e os demais cientistas do laboratório, e, quando ele sentou na minha frente na sala com

51

o Doutor P., uma voz me disse: "É claro que ele te odeia. Todo mundo te odeia. A convivência com você é impossível". E depois: "Você vai acabar como o Stephan". Berrei: "Não!", e um plantonista me levou embora e injetou mais Haldol em mim, e eu sabia que *eles* estavam por trás daquilo.

O irmão *e* a esposa dele. Pobre Boris, eu podia ouvi-los dizer. Pobre Boris, cercado de gente louca. Lembro de balbuciar para Felicia, que viera fazer a limpeza. Lembro de rasgar a cortina do chuveiro, explicando sobre a trama, aos berros. Lembro perfeitamente, mas agora é como se eu fosse outra pessoa, como se olhasse para mim mesma à distância. Tudo caiu por terra quando do Bea chegou. Mas eu deixara Boris apavorado, e como ele me deixara "agitada" na enfermaria, eles não queriam deixá-lo me visitar outra vez. Fiquei olhando para a mensagem por um longo tempo antes de responder: "Não estou mais louca. Estou magoada". As palavras pareciam verdadeiras, no entanto, quando tentei ir além disso, qualquer comentário me pareceu meramente decorativo. O que havia para *comunicar* afinal? E a ironia de ser justamente Boris quem queria essa comunicação foi quase excessiva para eu suportar.

Não quero falar sobre isso. Ainda estou acordando. Deixe-me tomar o meu chá. A gente conversa depois. Não posso falar sobre isso. A gente já falou sobre isso mil vezes. Quantas vezes ele havia proferido essas sentenças? Repetição. Repetição, não identidade. Nada se repete exatamente, mesmo as palavras, porque algo mudou no falante e no ouvinte, porque, quando dito e dito de novo, a própria repetição altera as palavras. Estou andando de um lado para o outro no mesmo piso. Estou cantando a mesma canção. Casada com o mesmo homem. Não, na verdade não. Quantas vezes ele atendeu as ligações de Stefan no meio da noite? Anos e anos de telefonemas e resgates e médicos e o tratado que mudaria a filosofia para sempre. E então o silêncio. Dez anos sem Stefan. Ele tinha quarenta e sete quando morreu. Boris era cinco anos mais velho, e uma vez, uma única vez, o irmão mais velho sussurrou em meu ouvido depois do segundo uísque que a coisa mais terrível era que tinha sido um alívio, ao mesmo tempo, que o suicídio de seu amado irmão tinha também sido um alívio. E então quando a mãe dele morreu — a exuberante, complicada e autocomplacente Dora —, Boris se tornou o único sobrevivente. O pai havia caído morto do coração quando os meninos ainda eram pequenos. Boris não demonstrou nenhuma espécie de luto. Na verdade, ele se retirou. O que o meu pai tinha dito? "Não consigo. Não consigo." Ansiei longamente por encontrar esses dois homens, não foi? Meu pai e meu marido, ambos dados a longas perorações sobre riscos e genes e tão calados acerca do próprio sofrimento. "O seu pai e o seu marido compartilhavam uma série de traços comuns", tinha dito a Doutora S. Pretérito: compartilhavam. Olhei para a mensagem. *Estou magoada.* Boris também ficara magoado. Acrescentei: "Amo você, Mia".

O diário sexual não estava me ajudando como eu havia esperado. Relembrar minhas primeiras aventuras masturbatórias furtivas subindo uma montanha que na verdade de repente se revelara algo *onde subir*; os beijos de língua com M.B. que haviam deixado minha boca machucada de manhã porque nem eu nem o rapaz em questão ousáramos nos aventurar pelos territórios mais ao sul; os recentes e ousados avanços de J.Q. por baixo do sutiã e para dentro dos meus jeans conforme ele pressionava minha resistência colonial, cujas forças reconhecidamente vinham se enfraquecendo com o tempo, acumulara uma qualidade patética que achei difícil de ignorar. Quem se importava? Pensei. E, no entanto, por que a mulher madura olhava para a menina com tanta frieza, com tão pouca simpatia? Por que a personalidade amadurecida fazia apenas empreitadas rumo à ironia? Eu não havia suspirado e arquejado em um estado aquecido e profundamente confuso, ainda inconsciente, apesar das minhas aventuras com M.B. e J.Q., para saber exatamente como aquilo tudo funcionava? Lembro-me da escada de madeira até o segundo andar, das pilhas de lençóis e cobertores, mas sem nenhuma cor ou detalhe. Apenas que havia uma luz fraca na janela e que os galhos da árvore lá fora se moviam e a luz se mexia com eles. Houve alguma dor, mas nada de sangue ou orgasmo.

A segunda mensagem dizia simplesmente:

Doida.

Sr. Ninguém.

Embora fosse inquietante, resolvi não me preocupar. Essas mensagens tinham algo de pueril, e que mal poderiam causar de fato? Sem resposta, o remetente acabaria se cansando e sumiria na neblina de onde tinha saído. Não era mais ameaçador do que a presença atrás da porta — nada além de uma ausência sentida.

De tempos em tempos, meus vizinhos da esquerda, os pais da Harpo em miniatura que aparecera em meu pequeno jardim, brigavam em altos brados. O conteúdo dessas discussões era praticamente inaudível. O que chegava à minha casa era a raiva: os guinchos da voz da mulher que mudava de registro quando ela desatava a soluçar, e o bombástico tenor do marido — ambos pontuados ocasionalmente por uma batida. As batidas eram assustadoras, e passei a prestar atenção na casa e em seus moradores. Os dois formavam um casal jovem, rosado, rechonchudo. Pouco vi o marido. Ele saía de manhã para algum tipo de emprego em um Toyota e às vezes ficava dias sem voltar para casa, um rapaz que devia viajar para toda parte a negócios. A jovem esposa ficava em casa com a pequena irmã Marx e um bebê que não devia ter mais de seis semanas — uma pessoa naquela fase da vida ainda mole, impressionável pelos estímulos visuais, mamando, agitando bracinhos e perninhas, grunhindo e fazendo caretas. Como adorei essa época da vida com a minha Daisy. Uma tarde, enquanto eu estava lá fora na espreguiçadeira bamba que havia se tornado meu móvel favorito para leitura, vi a mãe por uma fresta entre os arbustos. Enquanto segurava o bebê descontrolado, aos berros, em seus braços, inclinou-se sobre a peruquenta de três anos, profundamente entretida em negociações, no mínimo ardentes, a respeito de seu cabelo falso. "Você não pode usar isso sempre. A sua cabeça vai ficar suada. E o seu cabelo de verdade? Já nem lembro mais como ele era." "Não está suada! Não está suada!" Ponho de lado meu exemplar de *A repetição*, de Kierkegaard, que eu lia pela sexta vez, e dei alguns passos para oferecer ajuda.

Minha intervenção foi no sentido de que a peruca pavorosa continuasse sobre a jovem cabecinha. A mãe era Lola, Harpo era na verdade Flora, e a pessoa de fraldas era Simon, com quem entabulei uma conversa de arrulhos, meneios e sorrisos que achei extremamente gratificante. Nós quatro acabamos no quintal dos professores bebendo limonada, e descobri que Lola se formara em Artes no Swedenborg College, fizera joalheria e chegara a vender, e que o marido, Peter, trabalhava para uma empresa em Minneapolis, que vinha continuamente fazendo cortes de pessoal, fato que Lola achava "meio assustador", que ele viajava muito, e ela estava cansada. Não disse que estava cansada, mas a exaustão estava estampada por todo o seu rosto suave e redondo de vinte e seis anos. Enquanto ficamos ali juntas, ela amamentava Simon com um ar tranquilo, treinado, e se desvencilhava das investidas de falsa solicitude de Flora que ameaçava soltar a boca do bebê de seu mamilo. Tentei distrair Flora fazendo-lhe uma série de perguntas. A princípio ela se recusou a responder. Fiquei falando com suas costas e sua peruca, mas, depois de outras tantas perguntas provocadoras, ela mudou de personagem, e me transformei em plateia de seus números de dança, conversa e cantoria. "Olha os meus pés! Olha como eu pulo. O Simon não sabe pular. Olha, mãe. Olha eu! Olha só, mamãe!" Lola olhava com um sorriso apagado conforme os olhos de seu bebê carequinha abriam e fechavam, abriam e fechavam, seus bracinhos trêmulos estendidos no vazio, até que ele voltou a se recostar em seus seios e adormeceu.

Boris respondeu:

Obrigado pela resposta, Mia. Tenho uma conferência em julho em Sydney. Vou mantê-la informada de todas as datas. Boris.

Nenhum amor em resposta ao meu. Concluí que ele esperava empurrar nossa relação para um plano civil mas frio pelo bem da amada e compartilhada cria, e nutri uma breve fantasia de invadir o laboratório dele e de sua Pausa, abrindo gaiola por gaiola. Mia, a Fúria da raiva perpétua, liberta todos os ratos atormentados de suas prisões e olha com alegria maliciosa seus corpos brancos como leite se espalhando pelo chão.

As oficinas continuaram na segunda semana, e, conforme nós oito sentávamos em volta da mesa e escrevíamos e conversávamos, comecei a sentir nas meninas uma espécie de contracorrente invisível que me deixou inquieta. Eu sabia que a verdadeira plenitude daquela força acontecia antes e depois da nossa aula, durante as horas de suas vidas que não tinham nada a ver comigo, e que essa dinâmica fazia parte dos segredos e alianças tão necessários na primeira adolescência. Havia trocas de olhares entre elas e assentimentos quase imperceptíveis que às vezes me faziam sentir como se eu estivesse assistindo a uma peça que acontecia atrás de uma tela opaca. Trechos de conversas que eu acabava ouvindo eram extremamente estereotipados, zombarias grosseiras pontuadas pelas palavras "tipo" e "tão", usadas sobretudo para telegrafar aprovação ou desaprovação.

Tipo *por que* fazer isso? Quer dizer, isso é *tão idiota*.

É, não é? Oh, meu Deus, você não acha isso tipo não legal?

Vocês viram o irmão da Franny? Ele é *tão* gatinho!

Não, burrinha, ele tem tipo quinze, não dezesseis.

Viram a bolsa dela? Tipo *tão* feia.

Você me chamou de lésbica? Tipo que nojo. Oh, meu Deus.

Quando eu ficava à toa escutando a conversa das meninas, minutos antes de começar ou depois de dispensá-las, muitas vezes pensava que as falas delas podiam ser intercambiáveis, sem nenhum tipo de individualidade, uma espécie de discurso de rebanho com o qual todas concordavam, com exceção de Alice, cujo linguajar não se deixava infectar com tantos *tipos* e *tãos*, mas mesmo ela caía no curioso dialeto obtuso da Menina Moça. Porém, depois que todas estavam sentadas, ela subitamente se diferenciava, como se o feitiço tivesse passado e ela pudesse falar por si mesma. Pouco a pouco surgiram fragmentos de sua história familiar que alteraram a imagem que eu concebera. Descobri também que Ashley tinha quatro irmãos e que seus pais se separaram quando ela estava com três anos; que a irmã menor de Emma tinha distrofia muscular; e que o pai de Peyton morava na Califórnia. Ela iria visitá-lo no final de agosto, como fazia todo verão. Era o pai que tinha os cavalos. Alice morava em Bonden fazia apenas três anos. Antes morara em Chicago, e suas repetidas referências à metrópole deixada para trás inevitavelmente desencadeavam trocas de olhares entre as outras. Joan e Nikki ficaram amigas instantaneamente, isso desde a terceira série. Os pais de Jessica eram cristãos muito sérios, talvez do tipo derradeiro, que mesclava psicologia popular e religião, mas não entendi direito.

Para avançar sobre seus universos interiores, que eu achava tão distintos quanto suas histórias, começamos a trabalhar com poemas do "eu secreto". Mostrei o abismo que existia entre as percepções exteriores e a nossa própria noção de realidade interna, os equívocos que às vezes podiam moldar as nossas relações com as outras pessoas, que a maioria de nós tem uma sensação de um eu oculto, que o eu social é diferente do eu solitário, e assim por diante. Deixei claro que não se tratava de um jogo da verdade, brincadeira que eu lembrava da minha juventude, não era um exercício de confissão ou uma revelação de segredos que queríamos manter escondidos. Sugeri começarem contrastando duas frases: *Você pensa que eu sou...* e *Mas na verdade eu sou...* Discutimos sobre metáforas, usando um bicho ou uma coisa em vez de adjetivo.

Elogiei os versos da Joan:

Você me acha insossa e um pouco besta.
Mas sou por dentro uma pimenta-malagueta.

Emma comparou seu eu interior à lama, mas foi Peyton quem conseguiu a imagem mais impressionante. Ela escreveu que na verdade era uma "lasca de uma porta que parecia uma ilha vista de cima". Quando leu isso, seu rosto magro e estreito tinha uma expressão pensativa, tensa. Ela hesitou, depois explicou. Quando tinha oito anos, contou, seus pais tiveram uma briga terrível e ficaram berrando enquanto ela ficara deitada na cama. O pai saiu de casa furioso e bateu a porta com tanta força que soltou um pedaço e caiu uma lasca. Na manhã do dia seguinte, ela pegou o pedaço que tinha caído e o guardou. Ficamos caladas por alguns segundos. Então eu disse que às vezes uma coisa pequena, até mesmo um pedaço, um resto, pode significar todo um universo de sentimentos. "Nunca mais as coisas foram iguais depois disso", ela disse suavemente.

Caminhando até a porta aberta depois da oficina, reparei que Ashley e Alice estavam bem no meio de uma conversa na escada do lado de fora do edifício. Vi Alice assentir e sorrir, depois passar um livro ou caderno à amiga. Na sequência, Ashley foi para um canto e começou a digitar loucamente em seu telefone. Ao passar por ela na saída, ela ergueu os olhos para mim e sorriu. "Muito boa aula."

"Obrigada, Ashley", falei.

Naquela noite deitada na cama, uma tempestade de verão despencou sobre a cidade, com trovões muito barulhentos, estalos como uma série de detonações se mesclando ao eco dos estrondos por cima de mim, ecoando incessantemente. Pouco depois ouvi o rumor célere da chuva forte lá fora. Lembrei dos vendavais da minha infância, lembrei de acordar de manhã e ver os galhos caídos por toda a rua. Lembrei da calma encantada que precede a chegada de um furacão ou de uma tempestade, como se toda a terra prendesse a respiração, e do verde féerico que tingia o céu. Lembrei da imensidão do mundo.

A Doutora S. disse: "Parece que você está se divertindo".

Fiquei chocada. Como eu podia estar me divertindo? Uma mulher que foi abandonada pelo marido e tinha ficado doida por conta disso, ainda que "brevemente", como podia estar se divertindo?

"Parece que você tocou uma corda sensível de suas jovens poetas." (Ouvi um violão — metáforas costumam fazer isso comigo, até a mais batida das batidas.) "Parece que você está gostando de ficar com a sua mãe. Abigail parece ser uma pessoa interessante. Você conheceu os vizinhos. Você está escrevendo bem. Respondeu o e-mail do Boris." Ela parou. "Dá para sentir na sua voz."

Teimosa, fiz que não.

A Doutora S. esperou.

Pensei: será que ela está certa? Será que eu estava presa a uma ideia de desgraça, mas no fundo me divertindo? Alumbramentos secretos. Conhecimento inconsciente. Uma garotinha com um cachinho bem no meio da testa. Quando era boazinha, era muito, muito boazinha... "Você pode estar certa."

Escutei a respiração dela.

"Ontem caiu uma tempestade", falei, "das grandes. Eu gostei." Eu estava falando a esmo, mas era bom, livre associação. "Foi como escutar a minha própria fúria, só que com uma força de verdade, grande, masculina, como se fosse divina, magistral, umas pancadas paternais do céu, desses trovões furiosos que assustam os lacaios, um rugido barítono fazendo o céu tremer. Senti como se a cidade inteira tremesse."

"Você acha que se a sua raiva tivesse poder, poder paternal, você poderia moldar as coisas na sua vida de um jeito que a satisfizesse mais. É isso que você está dizendo?"

É isso que eu estou dizendo? "Eu não sei."

"Talvez você achasse que as emoções do seu pai exerciam poder sobre a família, poder sobre a sua mãe, sua irmã, e sobre você, e você estava sempre contornando os sentimentos dele, tentando não contrariá-lo; você sentiu isso também no casamento, talvez reproduzindo a mesma história, e nesse tempo todo foi ficando cada vez com mais raiva?"

Senhor, a mulher é afiada, pensei. Respondi com um breve e dócil "sim".

Outra entrada do diário sexual:

Tudo começou na biblioteca com Kant. Bibliotecas são fábricas de sonhos sexuais. Aquela languidez toda traz isso à tona. O corpo precisa ajustar a posição — uma perna cruzada, uma palma da mão estendida, uma coluna esticada —, mas não vai a parte alguma. A leitura e o erguer dos olhos da leitura são os responsáveis; a mente se afasta do livro e vagueia para uma coxa ou um cotovelo, reais ou imaginários. A sombra das pilhas de livros desperta o desejo com sua sugestão de algo oculto. O odor seco do papel e das brochuras e o provável cheiro de cola velha acendem o desejo. Não foi muito difícil com Kant: *A crítica da razão prática*, muito mais fácil que a da razão pura, mas eu tinha vinte anos, e a prática já tinha sido difícil o bastante, e ele se inclinou sobre mim para ver que livro era. Seu hálito quente, sua barba, bem de perto. O Professor B. de camisa branca, seu ombro a dois centímetros do meu. Meu corpo inteiro enrijeceu, e eu não disse nada. Então ele começou a ler em voz baixa, contudo a única palavra de que me lembro é tutela. Ele a pronunciou lentamente, enunciando cada sílaba, e me conquistou. Acabou mal, como eles dizem, quem quer que sejam eles, mas os olhos dele me observando enquanto eu tirava a roupa — Não, primeiro a blusa. Agora a saia. Devagar —, seus dedos compridos mexendo nos meus pelos púbicos, depois se afastando, me provocando, sorrindo, criando desespero —, esses prazeres devassos na biblioteca depois que fechava, esses eu guardo a salvo na memória.

"George morreu", disse minha mãe, e colocou o indicador na boca por um momento. "Encontraram o corpo hoje de manhã no chão do banheiro."

"Pobre George", disse Regina. Franziu os lábios. "Duvido que eu vá chegar aos cento e dois; é realmente extraordinário quando você contempla o fato nem que seja por um momento."

Seria possível contemplar por um momento?

"Não com essa minha perna", ela continuou. "Nunca ouvi falar nisso que eu tenho. O médico me disse que, se eu não me cuidar, um dia isso vai direto para o cérebro ou para o pulmão ou algum outro lugar e aí eu morro na hora." Seus olhos marejaram. "Se eu esquecer o Coumadin, bem, já era."

"Ela adorava dizer a idade às pessoas." Abigail estava endireitando seu corpo recurvo com uma mão na beirada da mesa. Virou a cabeça na minha direção. "Nunca se cansava de contar a idade. A filha mais velha dela tem setenta e nove." Ela respirou. "Parece que todo dia alguém vai embora. Viva neste minuto. Morta no minuto seguinte."

Peg olhava para as próprias mãos sobre a mesa. Muito manchadas e marcadas por grandes veias saltadas. "Ela está com o Criador agora." Peg tinha um verdadeiro arrulho na voz, como o som gutural de um pombo. "E Alvin", acrescentou.

"A não ser que tenham reconstruído o homem no céu, Deus a livre de Alvin", disse enfaticamente Abigail. "Um tiranozinho enxerido como eu nunca vi igual. As canetas tinham que ficar de determinado jeito, separadas por dois centímetros e meio, os colarinhos tinham que ser bem, bem, bem passados. A cama, meu Deus, a cama e os cantos da coberta. George teve sorte de se livrar dele. Foram vinte e sete anos abençoados sem aquele pequeno déspota careca e sem vergonha."

"Abigail, não é certo falar assim dos mortos", disse Peg, com a voz docemente cantarolada.

Abigail não estava ouvindo. Ela estava passando um pedaço de papel para a minha mão por debaixo da mesa. Fechei a mão em volta do papel e enfiei no bolso.

Minha mãe balançava a cabeça. "Também nunca achei certo transformar as pessoas em modelos de virtude depois que morrem."

Murmurei minha concordância.

"Mas também não há nada de errado em ver as coisas pelo lado bom", a voz de Peg ergueu-se toda uma oitava na última palavra. Ela sorriu.

"Não mesmo", disse Regina com seu estranho sotaque. "Com relação à minha perna, eu preciso continuar otimista e esperançosa. O que mais eu poderia fazer? Se a coisa estourar, pronto, vai direto para o meu cérebro ou para o coração, e morro em um segundo."

Estávamos sentadas na sala de jogos, em volta da mesa de bridge. A luz do verão entrava pela janela e olhei para as nuvens, uma delas subia como um anel de fumaça. Ouvi uma secadora batendo roupas em algum lugar do corredor e o som baixo do motor de uma lambreta, mais nada.

Quatro Cisnes.

Mia,

Tenho mais coisas para mostrar. Quinta-feira seria bom para você?

Sua,

Abigail

Todas as palavras eram formadas por letras tremidas porém cuidadosas. Lembrei de uma coisa que minha mãe me dissera um dia: "Envelhecer é bom. O único problema é que o seu corpo vai acabando".

"A sua poesia é coisa de xarope", meu atormentador anônimo escreveu. "Ninguém consegue entender. Ninguém gosta de uma merda transtornada dessas. Quem você pensa que é?!#*
Sr. Ninguém"

Li várias vezes a mensagem. Quanto mais eu lia, mais ela se tornava peculiar aos meus olhos. A repetição de Ninguém seguida pelo pseudônimo, Ninguém, fazia parecer que ele, Ninguém, conseguia entender minha poesia, e queria, na verdade, aquela merda transtornada. Quem você pensa que é?, nesse caso, tornava-se uma pergunta totalmente diferente. Significados móveis. Parecia improvável que o fantasma fosse irônico, que fizesse piadas sofisticadas sobre o *novi dictum* em favor de poemas "acessíveis" ou brincasse com as palavras "merda transtornada" e "xarope". A não ser que fosse Leonard, liberado do hospital, e tentando me irritar por algum motivo absurdo da cabeça dele. Era verdade que durante anos eu trabalhara com coisas de que pouca gente gostava ou compreendia, que meu isolamento era cada vez mais doloroso, e que eu havia bombardeado Boris com minhas longas diatribes sobre nossa cultura rasa, infundada, virulentamente anti-intelectual que idolatra a mediocridade e despreza seus poetas. Onde estava a Whitman Street em Nova York? Sempre reclamei de poetas que escreviam para as poucas inteligências medianas americanas que se davam ao trabalho de ler de relance um ou dois versos em seus exemplares da revista *New Yorker* e se davam por satisfeitas porque haviam provado um pedacinho de um sentimento poético ou uma ideia sutil "sofisticada", sobre gramados ou velhos relógios ou vinhos, porque, afinal de contas, havia saído na revista. A rejeição se acumula; aloja-se feito a bile negra na barriga, que, quando derrama, se torna uma ladainha, um discurso em vão de uma poeta ruiva contra os ignorantes e influentes e criadores de cultura que não a reconheceram, e o pobre do Boris tinha convivido com seus/meus brados ululantes, Boris, um homem para quem qualquer conflito era anátema, um homem para quem levantar a voz, a exclamação apaixonada arranhava feito lixa em sua alma. A paranoia espanta a rejeição. Durante os dias do meu completo distúrbio clínico, eu não tinha sido paranoica? *Eles* haviam tramado contra mim. Agora as palavras na tela, as palavras de Ninguém, haviam tomado o lugar das vozes acusatórias na minha cabeça. Todo mundo odeia você. Você não é nada. Não admira que ele tenha abandonado você. Era como se o Sr. Ninguém soubesse, como se ele soubesse onde bater. Pensei em George morta no chão do banheiro naquela mesma manhã, e o futuro subitamente se tornou ao mesmo tempo vasto e árido, e a dúvida, as distorcidas e constantes dúvidas a respeito de meus poemas serem mesmo uma merda, um desperdício, que eu tinha lido tanto não para adquirir conhecimento, e sim em troca de um inescrutável esquecimento, que a culpa pela Pausa era minha, não do Boris, que minha verdadeira obra-prima, Daisy, estava atrás de mim, pareciam a mais pura verdade. Agora, na menopausa, abandonada, desolada, e esquecida, não me restava mais nada. Pus a cabeça na mesa, pensando amargamente que a escrivaninha não era nem mesmo minha, e chorei.

Depois de alguns minutos de intenso soluçar, senti um hálito quente em meu braço e hesitei. Flora e seu Girafinho estavam bem perto de mim. Os olhos da menina estavam arregalados de atenção. Um pouco de seu próprio cabelo castanho-claro aparecia por debaixo da peruca e a pele em torno da boca estava cor-de-rosa por causa de uma substância desconhecida. Olhamos uma para a outra. Nenhuma de nós disse nada, mas senti que ela me observava com os olhos frios de uma cientista, talvez uma zoóloga. Seu olhar sóbrio digeria o animal inteiro, analisando seu comportamento, e então, sem dizer nada, ela entrou em ação: ergueu seu Girafinho e o estendeu na minha direção. Não era nada óbvio o que ela pretendia com o gesto, de modo que, em vez de pegá-lo, esfreguei os olhos com o dorso da mão e fiz um carinho na cabeça da asquerosa criatura.

Um instante depois escutei Lola chamar a filha em voz alta e urgente e, tomando a mão de Flora, o que ela aceitou com facilidade, naturalmente, caminhei com ela até o outro cômodo para cumprimentar Lola e Simon (em fofês) do lado de fora da porta telada. Vi que Lola reparou em meu rosto; eu não fazia ideia de minha aparência — uma massa cinza avermelhada de lágrimas e rímel, provavelmente —, mas ela franziu o cenho por uma fração de segundo sinalizando sua simpatia. A jovem mãe parecia desgrenhada naquele momento, quase negligente, em seus jeans cortados, um top pink de ginástica e brincos que ela mesma havia feito, duas gaiolinhas douradas que lhe pendiam dos lóbulos. Ela havia penteado seu cabelo oxigenado todo para trás, e notei que seu nariz estava um pouco queimado de sol. Lembro desses detalhes porque de repente compreendi que estava contente por vê-la, e a emoção que senti fixou as particularidades do encontro. Já eram umas sete e meia da noite. Pete estava fora outra vez e ela estava tentando colocar as crianças para dormir, e então, Lola disse, com um sorriso franco, seus planos eram abrir um vinho e comer o quiche que havia feito de manhã, e ela adoraria que eu a acompanhasse, e aceitei com um entusiasmo que me teria constrangido sob praticamente qualquer outra circunstância, mas que naquela hora me parecera inteiramente "normal". Minha mãe estava em seu clube do livro discutindo *Emma* de Austen em meio a tábuas de queijos, e eu não tinha nenhum compromisso de espécie nenhuma.

E foi assim que assumimos juntas, naquela noite, a missão dupla de colocar as crianças na cama. Da minha parte, aquilo envolvia uma complexa estratégia de embalar, ninar e eventualmente sacudir o recém-amamentado Simon, que parecia sofrer paroxismos na região abdominal. O homenzinho vermelho se contorceu de desconforto, regurgitou leite no meu ombro e, após poderosos esforços, expeliu num movimento celestial e impulsivo uma gosma cremosa de cocô amarelo na fralda, que eu limpei feliz enquanto examinava seu minúsculo e adorável pênis e seus surpreendentemente solenes testículos e cobria seu bumbum com uma fralda Pamper; eu encontrei uma cadeira de balanço, onde nos acomodamos, e embalei e ninei o pequeno herdeiro da família rumo aos braços, ou melhor, ao colo de Morfeu. Enquanto isso, Lola empreendia uma campanha paralela com a falante maluquinha de menos de quatro anos, Flora, que protelava e simulava e barganhava seu caminho em direção ao que Sir Thomas Browne certa vez chamou de o "Irmão da Morte". Com que bravura, e que bravura, ela relutou em entregar a consciência, com todos os possíveis ardis de que dispunha: histórias, copos d'água e só mais uma musiquinha, até que ela também, exausta do rigor da luta, desabou, com a falange do indicador enfiada na boca, o braço livre estirado sobre o lençol que estampava um grande dinossauro roxo, enquanto seu Girafinho e uma amiga, um bicho oxigenado arrancado da cabeça da guerreira adormecida, ficavam de sentinela no criado-mudo.

Lola e eu comemos o quiche e lentamente fomos ficando bêbadas ao longo de várias horas. Ela se deitou no sofá, as gaiolinhas captando a luz, suas pernas bronzeadas e roliças esticadas diante de si. De quando em quando ela sacudia os pés descalços, com as solas um pouco sujas, como se lembrasse a si mesma que ainda estavam presos a seus tornozelos. Às onze fiquei sabendo que Pete era um problema, "apesar do meu amor por ele". Lola tomou conhecimento do meu fiasco conjugal e uma ou duas lágrimas escorreram de nossos narizes. Também rimos dos nossos Problemas, gargalhamos ao comentar a propensão de ambos ao odor das meias que era reforçado por alguma secreção masculina desconhecida, especialmente no inverno. A jovem tinha uma risada ótima, profunda e surpreendente, que parecia brotar de algum lugar abaixo dos pulmões, e um modo direto de falar que me deixou encantada. Aqui não vai nenhuma ironia kierkegaardiana para aquela filha de Minnesota. "Eu queria saber todas essas coisas que você sabe", ela disse a certa altura. "Eu devia ter estudado mais. Agora com as crianças, não tenho tempo." Murmurei alguma platitude em resposta, mas o fato era que o conteúdo da nossa conversa naquela noite pouco importava. O importante foi que estabelecemos uma aliança entre nós, uma camaradagem palpável que ambas esperávamos que continuasse. O não dito dirigiu a noite. Ao nos despedirmos, nos abraçamos e, num acesso de afeição aumentada pelo álcool, segurei seu rosto redondo nas mãos e agradeci vigorosamente por tudo.

A fugacidade dos sentimentos humanos é simplesmente ridícula. Minhas flutuações mercuriais ao longo de uma única noite me fizeram sentir como um personagem feito de chiclete. Eu havia caído nas horrendas profundezas da autocomiseração, terreno logo acima do ainda mais hediondo baixio da desesperança. Então, tonta e distraída que sou, me vi, logo em seguida, nos píncaros da maternidade, em que eu praticamente havia desmaiado de prazer ao acariciar e embalar o homúnculo emprestado da vizinha. Eu havia comido bem, bebido vinho demais, e abraçado uma mulher jovem que mal conhecia. Em

suma, eu havia me divertido bastante e tinha todo o interesse do mundo em fazer aquilo de novo.

Para você talvez não seja surpresa o fato de que nossos cérebros não são tão diferentes dos cérebros de nossos primos mamíferos, os ratos. Meu homem dos ratos passara a vida defendendo uma identidade afetiva subcortical primária entre as espécies, proclamando nossas regiões cerebrais e neuroquímicas comuns. Apenas anos depois ele começou a relacionar esse ponto central ao enigma dos níveis superiores da reflexão, do espelhamento e da autoconsciência — em macacos, golfinhos, elefantes, seres humanos e até em pombos (mais recentemente) —, publicando artigos sobre os vários sistemas dessa coisa misteriosa que chamamos de si mesmo, sofisticando seu conhecimento com a fenomenologia, com citações do luminoso Merleau-Ponty e do mais obscuro Edmund Husserl, graças a SUA ESPOSA, que o conduziu através da filosofia, passo a passo, retomando Hegel,

Kant e Hume quando necessário (embora o velho tenha feito menos uso deles, pois seu interesse está na corporificação, sim, *Leib, schéma corporel*), e leu cada palavra escrita por ele, cuidadosamente, dolorosamente apontando os erros e melhorando sua prosa. Não, você reclama, ela não, não aquela baixinha, de cachos ruivos, e belos seios! Não a poeta! Sim, é verdade, eu lhe digo com toda a gravidade. O grande Boris Izcovich foi roubar diversas ideias do cérebro da própria esposa, e chegou mesmo a reconhecer as contribuições dela. Reconhecer? É mesmo? Você diz. Então tudo bem? NÃO está tudo bem porque ELES não acreditaram. Ele é o Rei Filósofo e o Homem dos Ratos da Ciência. Afinal, Caro Leitor, pergunto-lhe quantos homens agradeceram suas esposas por esse ou aquele serviço, geralmente ao final de uma longa lista de colegas e fundações? "Sem o incansável apoio e a inestimável paciência de Muffin Pickle, minha esposa, e de meus filhos Jimmy Jr. e Topsy Pickle, este livro jamais poderia ter sido escrito."

Sem o córtex pré-frontal bilateral de minha esposa, Mia Fredricksen, este livro não existiria.

"Esse período passou", disse minha mãe quando lhe perguntei sobre os homens em sua vida. "Não quero mais ter que cuidar de um homem." Eu estava atrás dela quando disse isso, massageando-lhe as costas, observando a linha de seu cabelo branco cortado reto. "Eu sinto saudades do seu pai", ela disse. "Sinto falta da nossa amizade, das nossas conversas. Ele, afinal de contas, conversava sobre várias coisas, mas, não, não consigo ver quais seriam as vantagens de arranjar alguém a esta altura. Os viúvos casam de novo porque o casamento facilita a vida deles. As viúvas quase nunca se casam, porque isso dificulta a vida delas. A Regina é uma exceção. Desconfio que ela precisa de atenção. Ela flerta com qualquer um."

Minha mãe, com o queixo abaixado enquanto eu apertava delicadamente meus dedos em seu pescoço, continuou no assunto das relações entre os sexos, contando uma história: ela voltava de seu clube do livro na noite passada, quando encontrou Oscar Busley, um dos raros homens moradores de Rolling. Embora ele tivesse deixado para trás seus dias peripatéticos, Oscar conservava alguma mobilidade e aumentara sua velocidade pessoal por meio de um carrinho elétrico. Busley viera acompanhando minha mãe pelo corredor, conversando amigavelmente, enquanto seguiam na direção do apartamento dela. Quando chegaram à porta, ela parou para pegar a chave na bolsa. O sujeito deve ter soltado os punhos das manoplas do carrinho e se precipitou para cima dela, pois minha mãe ficou pasma ao notar que Oscar tinha se agarrado a seu tronco. Ele prendera os braços com firmeza em volta dela, postando as mãos logo abaixo de seus seios. Com a mesma rapidez e provavelmente mais força (ela levantava pesos duas vezes por semana), minha mãe se desvencilhou do abraço indesejado, correu para dentro do apartamento e bateu a porta.

Seguiu-se uma breve discussão entre nós sobre a desinibição que às vezes ocorre em casos de demência. Minha mãe, no entanto, insistiu que o sujeito estava "perfeitamente normal da cabeça"; era o resto do corpo que precisava ser contido. Ela então contrapôs a história de Oscar Busley à de Robert Springer. Ela tinha ido jantar em St. Paul e conhecera um velho amigo advogado do meu pai, Springer, "um sujeito alto e bonitão" com "uma bela cabeleira", que estava no jantar com a sra. Springer. O encontro, inteiramente pacífico, consistiu de um aperto de mão acompanhado de um olhar sugestivo. Então, terminada a massagem, minha mãe sentou-se na poltrona e ficou olhando para mim. Ela fez um gesto de abertura com as duas mãos, de palmas para cima. "Ele segurou a minha mão tempo demais, você sabe, um pouquinho mais do que o normal."

"E?", falei.

"Eu quase desmaiei. O aperto de mão dele me pegou de jeito. Fiquei com as pernas bambas. Mia, foi uma delícia."

Sim, pensei, aquela descarga elétrica.

... erga os seus dedos brancos
E me deixe nu, toque-me lentamente,
Suavemente, suavemente o corpo inteiro.

Com Lawrence na cabeça. Toque-me lentamente.

O rosto enrugado, magro, de minha mãe pareceu pensativo. Nossas mentes tomavam caminhos paralelos. Ela disse: "Eu faço questão de tocar meus amigos, você sabe, um tapinha, um abraço. É um problema. Em um lugar como este muita gente não tem o costume de encostar no outro".

As meninas estavam de mau humor. Talvez pelo calor. Estava fresco do lado de dentro, mas lá fora o dia estava úmido e quente — como um pântano. Alice parecia especialmente abatida, e seus grandes olhos castanhos exibiam um olhar parado e reumático. Quando perguntei se não estava se sentindo bem, ela disse que sua alergia a estava incomodando. Elas conversavam sobre Facebook, e nomes de meninos foram mencionados: Andrew, Sean, Brandon, Dylan, Zack. Ouvi dizerem "mais tarde na piscina" diversas vezes, "biquíni", e muitos cochichos e pedidos de silêncio. Mas, além da titilante expectativa de encontrar membros do sexo oposto, havia uma tensão adicional entre elas, não desprovida de excitação, pois aquela turbulência, o que quer que fosse, tinha algo de reprimido e preconceituoso que eu era capaz de sentir com a mesma certeza que a umidade lá fora. Nikki, principalmente, parecia atordoada. Ela não conseguia parar com suas risadinhas forçadas a cada possível intervalo. Os olhos azul-claros de Jessie estavam pesados de significação, e ela articulou em silêncio alguma palavra para Emma, mas não consegui ler seus lábios. Peyton a todo instante deitava a cabeça na mesa como se sofresse um súbito acesso de narcolepsia. Embora sua expressão fosse indecifrável, a postura sempre ereta de Ashley estava mais rígida que de costume, e ela passara três vezes brilho em seus lábios já brilhantes em uma única hora. Emma também parecia preocupada com uma brincadeira que me era desconhecida, interrompida na metade. Tive uma forte sensação de um subtexto inscrito entre todas elas, porém eu estava olhando para um palimpsesto já tão denso de escrituras que nada mais era legível.

Conforme a aula avançou, precisei disfarçar minha irritação. O rosto rechonchudo de Nikki, com sua cintilante sombra nos olhos e bastante rímel, que apenas dois dias antes havia me parecido bem-humorado, agora parecia meramente obtuso, o sorriso mal esboçado de Joan e a maquiagem parecida me irritaram mais do que divertiram. Enquanto elas escreviam seus poemas sobre cores, precisei lembrar a mim mesma que algumas das meninas ainda não haviam completado treze anos — que seu autocontrole era limitado e que, se eu me deixasse levar por um problema meu, a turma toda podia azedar. Eu também sabia que minha hipersensibilidade para as nuances atmosféricas em volta da mesa, combinada com minha própria experiência lamentável daquela idade, facilmente podia distorcer minhas impressões. Quantas vezes Boris não dissera: "Mia, você está dando a isso uma proporção desmedida"? E quantas vezes me vi segurando um balão flácido na boca, soprando dentro dele enquanto o balão se expandia revelando uma grande pera ou uma salsicha comprida, e então manipulando-o para transformá-lo em uma coisa ou em outra? Não, na mesma coisa, só que maior: com mais ar.

Depois de uma discussão não inteiramente tola sobre cores e sentimentos — amargo, verde-claro; triste ou ameno, azul intenso; quente, vermelho berrante; exclamativo, amarelo; vazio, branco frio; irritadiço, marrom; assustador, preto mortal; e aéreo, rosa adocicado —, elas foram embora, e eu, autoproclamada espiã adulta, fiquei parada na sufocante escadaria do pequeno edifício observando.

Ali se desvelou diante de mim uma espécie de dança, um trôpego e animado arrasta-pé de aproximações, recuos, de vários pares, trios e quartetos. Eu conseguia ver, a poucos metros, no final do quarteirão pequeno, um grupo de cinco meninos, felizes se batendo, empurrando e tropeçando uns nos outros enquanto exclamavam: "Seu porra, o que você acha que tá fazendo?" e "Tira a mão de mim, sua bicha!". Com uma única exceção — um menino alto de bermuda larga e um boné de beisebol virado para trás —, eles eram namorados nanicos, muito mais baixos que a maioria das meninas, mas todos os cinco — inclusive o menino imponente — estavam envolvidos no que parecia ser uma forma desconjuntada, impregnada de testosterona, de ginástica grupal. Enquanto isso, minhas sete meninas também estavam no modo exibição. Nikki, Joan, Emma e Jessie esgoelavam-se de rir sua risada autoconsciente, olhando de esguelha para seus pretendentes baixinhos. A sonolência de Peyton parecia ter passado. Reparei que ela se enfiou agressivamente entre Nikki e Joan, inclinou-se e cochichou alguma coisa no ouvido de Nikki, que instantaneamente produziu na ouvinte outro guincho agudíssimo. Ashley, ereta, seios empinados, extrovertida e atirada, jogou o cabelo para trás com dois rápidos movimentos do pescoço e partiu segura na direção de Alice, que ouviu, enlevada, a primeira, e imediatamente depois vi Emma olhar de relance para Ashley. Foi um olhar cintilante, malicioso, mas também, percebi, com um lampejo de contrariedade, um olhar servil.

Conforme elas debandavam em um grupo disperso na direção dos esganiçados selvagens da esquina, senti um misto de compaixão e temor — compaixão, muito simplesmente, porque estava me lembrando não de um dia em particular, ou de um menino ou menina em especial, nem mesmo do período soturno em que eu era sempre empurrada por Julia e suas discípulas. Mas de um tempo da vida em que quase tudo se resumia à expressão "as outras crianças", e isso mexeu comigo pateticamente. O temor era algo mais complexo. Em seus diários, Kierkegaard escreveu que o temor é uma atração, e ele está certo. O temor é uma sedução, e eu podia sentir que me puxava, mas por quê? O que eu tinha de fato visto ou ouvido que havia criado essa discreta embora definitiva atração em mim? A percepção nunca é passiva. Não somos apenas receptores do mundo; somos também seus produtores ativos. Existe algo de alucinatório em toda percepção, e as ilusões são criadas com facilidade. Até mesmo você, Caro Leitor, pode ser facilmente persuadido de que seu braço é de borracha por um neurologista charmoso com alguns truques na manga ou nos bolsos do jaleco branco. Precisei me perguntar se a minha circunstância, minha própria *pausa* indesejada da vida "real", se meu próprio estado pós-psicótico não teria me afetado de um modo de que eu não me dava conta e não podia prever.

Os dois outros alumbramentos que Abigail me revelou naquela quinta-feira foram os seguintes:

Uma cobertura de chaleira florida em tricô, que, ao ser virada do avesso, expunha um forro bordado de monstros com olhos gotejantes, labaredas saindo pelas bocas, seios de onde brotavam lanças, e garras semelhantes a espadas.

Um longo descanso de mesa verde bordado com árvores de Natal brancas. Quando virado do avesso e aberto o zíper, ele revelava (da esquerda para a direita) cinco bem-feitas onanistas contra um fundo preto. (Onan, o desgraçado personagem bíblico, caiu em desgraça justamente por ter espalhado sua semente pelo chão. Analisando a fileira de voluptuosas, perguntei-me se o termo podia se aplicar àquelas que não têm sementes mas são cheias de óvulos. Nós desperdiçamos esses ovos feito loucas, é claro, expelindo-os todo mês nos dias de sangramento, mas aí então quase todo esperma também se torna inútil, um pensamento a ser algum dia considerado com mais detalhe.)

Uma sílfide esguia reclina-se em uma espreguiçadeira, pernas para o ar, estrategicamente passando uma pena entre suas pernas abertas.

Uma dama morena na beirada da cama, pernas para o ar, duas mãos ocultas sob anáguas desgrenhadas.

Uma ruiva gorda senta-se na barra de um trapézio, cabeça para trás, boca aberta no extremo do orgasmo.

Uma loira sorridente com o bocal do chuveirinho — jato bordado em fios em leque de linha azul.

E, por fim, uma mulher de cabelos brancos deitada na cama vestida com uma longa camisola, as mãos pressionando o tecido contra a genitália. Essa última personagem alterava inteiramente o conjunto. O jocoso das quatro jovens sonhadoras subitamente se tornava pungente, e pensei na solidão do consolo masturbatório, na minha própria consolação solitária.

Quando tirei os olhos do bordado das mulheres provocando o próprio prazer, a expressão de Abigail era ao mesmo tempo arguta e triste. Ela me disse que nunca mostrara as masturbadoras para ninguém além de mim. Perguntei-lhe por quê. "Muito arriscado", foi sua resposta sucinta.

Era estranho como rapidamente eu me acostumara à postura de canivete dobrado daquela mulher e como eu pouco pensava nisso enquanto conversávamos. Notei, contudo, que suas mãos tremiam mais do que da última vez em que estivemos juntas. Ela me contou três vezes que ninguém nunca tinha visto aquele "passador" de mesa além de mim, como que para me certificar do segredo. Eu disse que nunca falaria sobre isso sem sua permissão. Os olhos sagazes de Abigail me davam a impressão de que o fato de haver me escolhido como depositária de seus segredos artísticos não era um capricho seu. Ela tinha um motivo, e sabia bem qual era. Não obstante, ela pouco se explicou e conduziu uma conversa confusa e amorfa naquela tarde em meio a biscoitos de limão e chá, indo de sua visita a Nova York em 1938 e seu amor pela coleção Frick ao fato de que ela tinha seis anos de idade quando as mulheres começaram a votar, e depois sobre a escassez de materiais oferecidos aos professores de arte na sua época e como ela tinha que comprar do próprio bolso para não prejudicar seus alunos. Escutei-a com paciência, ciente de que, apesar da insignificância do que ela estava dizendo, a urgência no seu tom de voz me mantinha sentada ali no sofá. Depois de uma hora assim, senti que ela estava ficando cansada e sugeri que marcássemos outro encontro.

Ao nos despedirmos, Abigail agarrou minhas duas mãos nas suas. Seu aperto foi fraco e trêmulo. Então, aproximando minhas mãos de seus lábios, ela as beijou, virou a cabeça para o lado e encostou com força sua face na pele dos meus dedos. Do lado de fora de sua porta, apoiei-me à parede do corredor e senti lágrimas brotando em meus olhos, mas, se eram por Abigail ou por mim, não faço ideia.

* * *

Eu sabia que Pete havia voltado porque ouvi a voz dele. Agora que eu ficara amiga de Lola, me senti pior com o barulho. Estava no quintal sentada em minha cadeira depois de conversar longamente com Daisy ao telefone, minha promissora comediante com o namorado bonzinho mas superpossessivo "que quer que eu esteja com ele todos os minutos quando ele não está no trabalho". Ela telefonara porque *precisava* de uma orientação diplomática. Daisy queria encontrar o melhor modo de dizer a ele "eu preciso do meu espaço". Quando sugeri que a frase que ela acabara de usar parecia inofensiva, ela gemeu: "Ele vai *odiar*". Pete também estava odiando alguma coisa, mas, por sorte, após alguns minutos o berreiro parou, e a casa ao lado voltou a ficar em silêncio. Talvez os combatentes tivessem começado a série de empurrões e desvios sem palavras da copulação. Meu pai não gritava, Boris não gritava, no entanto também pode haver poder no silêncio, às vezes até mais poder. O silêncio puxa você para o mistério do homem. O que se passa aí dentro? Por que você não me conta? Você está contente ou triste ou furioso? Nós precisamos tomar muito, mas muito cuidado com vocês. Os seus humores são o nosso clima e nós queremos que esteja sempre sol. Quero agradar você, papai, fazer gracinhas e dançar e contar histórias e cantar e fazer você dar risada. Eu quero que você me veja, veja a Mia. *Esse est percipi*. Eu existo. Era tão fácil com a mamãe, as mãos dela seguravam o meu rosto, os olhos dela acompanhavam os meus. Ela também ralhava comigo, com a minha bagunça e o meu jeito desordenado, meus ataques de choro e minhas erupções, e depois eu pedia tantas desculpas, e era fácil reatar com ela. E com Bea também, mas você era muito distante, e eu não conseguia encontrar os seus olhos ou, quando os encontrava, eles se viravam para dentro, e havia escuridão naquele céu mental. Harold Fredricksen, advogado. Era uma piada na família que, quando eu tinha quatro anos, recitei o pai-nosso assim: "Pai Nosso, que estais no Céu, Harold seja o vosso nome". E Boris, sim, Boris também, marido, pai, pai, marido. Um repetição da atração. Mas o que se passa aí dentro? Por que vocês não me contam? Esse silêncio me puxa para vocês, mas então vejo as nuvens nos seus olhos. Quero derrubar a fortaleza desse olhar parado, explodi-la para encontrá-los. Sou o combativo Espírito da Comunhão. Só que vocês têm medo de ser invadidos, ou talvez tenham medo de ser comidos. A sedutora Dora, mãe glamorosa sob o peso de uma miríade de gestos e acessórios da feminilidade, maus humores e gemidos, cílios piscando, dar de ombros, sugestões e métodos ensandecidos que lhe franquearão aquilo que ela deseja. Chego a ouvir suas pulseiras de ouro tilintando. Como ela amava você, o *bubeleh*, o menininho, o queridinho da mamãe, mas havia algo forçado naquele amor todo, algo teatral e egoísta, e você sabia disso e, quando ficou grande o bastante, passou a mantê-la a uma distância segura. Stefan sabia, e ele também sabia que, para ela, ele ficava em segundo plano entre todas as coisas. Dois meninos com o pai no céu. E assim foi, Boris, que nós os carregamos conosco, nossos pais, além de nós dois, um para o outro. A Pausa também deve ter pai e mãe, mas não posso pensar nela. Não quero pensar nela.

A presença atrás da porta veio e foi embora. Estava ali, depois não estava mais. Eu entrava falando sozinha sempre que a sentia, usando a razão para derrotar a poderosa sensação. Continuei pensando na presença como uma versão muda do Sr. Ninguém, um louco que sempre mandava mensagens mas que mudara o tom de um cara mau me assediando para o de um filósofo limítrofe, o que novamente me fez suspeitar de Leonard. "A realidade é imaterial, feita de eventos, ações, potencialidades. Considere essas misteriosas subjetividades que alteram o mundo mental, a flecha de Zenão! Aplique ao Izcovich, o seu esposo infiel. Seu, Ninguém."

Irritada e perturbada com a referência a Boris, rapidamente digitei a resposta e enviei, lamentando na mesma hora: Quem é você e o que quer de mim?

"Eu sabia que ele tinha esse gênio quando casei", disse Lola depois naquela mesma tarde enquanto Simon cochilava em seu colo e Flora pulava dentro e fora de uma pequena piscina inflável turquesa. "Mas na época eu não tinha as crianças. A Flora assusta." Essas três frases pareciam flutuar no ar quente entre nós duas, e me senti triste. Queria dizer: Mas ele não bate em ninguém, não é? Ele não é violento, certo? As perguntas que surgiam voltaram a afundar dentro de mim, e não cheguei a pronunciá-las. Lola estava com um maiô verde, de óculos escuros, e um boné de beisebol. Seu corpo ainda não tinha perdido inteiramente o inchaço da gravidez, e seus seios ainda estavam cheios de leite. Ela era uma garota rechonchuda, mas olhando para ela achei-a atraente. Acho que era a juventude — a pele lisa, as curvas, o rosto sem marcas, com aqueles olhos cinzentos, o nariz um pouco achatado, e os lábios carnudos —, nada ali havia sucumbido à idade, nenhuma mancha marrom ou veia ressaltada, nada de rugas ou pelancas.

"Às vezes acho que ela nunca mais vai tirar essa peruca. O Pete odeia. Eu falo para ele: e daí? Ela não usa na igreja. Acho que ele queria uma menininha mais delicadinha..." Lola não chegou a terminar a frase. "Ele acha que tem alguma coisa errada com ela, hiperatividade ou alguma coisa assim."

Flora estava absorta dando um banho violento no Girafinho. Ajoelhada dentro da piscina, saltitante, enquanto cantava "Dá, dá, Girafinho-bum-bum. Bumba, bumba! Bebê-bum!", Girafinho foi deixado boiando de bruços, e Flora começou outra brincadeira — ela deitou na água apoiada nos cotovelos e passou a chutar vigorosamente, o bastante para molhar minhas pernas. "Olha, mamãe! Olha, mamãe! Olha, Mia!"

Meus sentimentos por Pete foram ficando obscuros. Que idiota.

O filho de Pete se espreguiçou e acordou. Mexeu as mãozinhas diante do rosto, pôs-se a esticar os joelhos e a coluna, e quando o segurei minutos depois já estava plenamente desperto, seus olhos escuros como sementes cravados nos meus. Fiz carinho em sua cabeça, examinei sua boca franzindo e fazendo biquinho. Falei com ele e ele respondeu com ruidinhos. Depois de algum tempo, ele se virou e começou a querer comer, e senti a sombra de uma sensação familiar nos meus seios, uma memória corporal. Passei-o para Lola. Assim que o filho já estava confortavelmente mamando, ela olhou para mim e disse: "Ele não queria a Flora a princípio. Eu engravidei. A gente ia se casar de todo modo, não foi isso. É que foi tudo muito depressa para ele". Lola se recostou na cadeira. "O Pete é um cara agoniado. Isso eu também sabia. Ele tinha uma irmã mais velha que nasceu com muitos problemas e era retardada. Tiveram que interná-la. Ela não aprendeu a andar, a falar, nada, e morreu quando tinha sete anos. O Pete não gosta de falar nisso." Lola conferiu o esmalte. "O pai dele nunca foi visitar a filha, nenhuma vez. Era realmente muita coisa para a mãe dele. Você imagina."

Eu imaginava. Olhei para as nuvens, uma densa configuração de cirros, e, enquanto eu observava longos fios de cabelo se desprendendo lentamente de um pescoço comprido e delicado, me dei conta de que me sentia mais à vontade com o irritado e problemático Pete do que com aquela nova pessoa, o rapaz cuja irmã havia morrido.

Talvez fosse o vazio generalizado da paisagem — milharais e céu. Talvez o calor do meu próprio desespero calado ou uma necessidade de preencher o presente irremediavelmente entediante com vanglórias e tagarelices, mas, quando Lola me perguntou sobre a vida em Nova York, regalei-a com uma história atrás da outra e fiquei ouvindo ela dar sua risada. Enfatizei os aspectos mais crassos, lascivos e estranhos. Transformei a cidade num incessante carnaval de impostores, ambulantes e *clowns* cujas trapalhadas e aventuras rendiam um bom entretenimento. Contei de Charlie e Wayne, dois poetas que quase foram às vias de fato discutindo Ezra Pound, e de uma longa jornada de um dia inteiro bebendo até de noite que terminou literalmente em um concurso de mijo à distância do telhado de um prédio no SoHo. Contei de Miriam Hunt, a herdeira envelhecida e cheia da nota, os seios pequenos, o rosto de plástica, e bolsas Hermès, que, fazendo jus ao sobrenome, perseguia jovens cientistas interessados no dinheiro dela, insinuando-se para cima deles e sussurrando delicadezas em seus ouvidos: "Quanto você disse mesmo que ia custar o projeto de pesquisa que você quer propor?". Contei de meu amigo Rupert que, no meio de uma operação de mudança de sexo, parou tudo e resolveu que dois em um seria muito melhor. Contei da octogenária bilionária que sentou perto de mim em um jantar de arrecadação beneficente e que peidava e suspirava, peidava e suspirava, e mais peidos e mais suspiros durante todo o jantar, como se estivesse sozinha no banheiro de sua casa. Contei sobre meu camarada sem-teto Frankie, cujos filhos, irmãos, irmãs, primos e tias e tios haviam todos morrido com cerca de duas semanas de intervalo após contraírem doenças bizarras ou raras, que incluíam escorbuto, lepra, dengue, síndrome de Klinefelter, leptospirose, insônia familiar fatal, doença de Chagas. Na verdade, o estoque de parentes de Frankie era tão grande que ele esquecia os nomes dos recém-falecidos entre cada um dos nossos encontros na Sétima Avenida.

Os grandes olhos de Lola cintilavam de prazer e interesse enquanto ouvia minhas histórias de cosmopolitas, todas verdadeiras ainda que ao mesmo tempo ficcionais. Tosquiada a intimidade, e vistos de uma distância considerável, somos todos personagens cômicas, bufões farsescos e errantes através das nossas vidas, armando belas confusões no caminho, mas, quando se chega mais perto, o ridículo rapidamente se revela ora sórdido, ora trágico, ou meramente triste. Não importa se você está presa na remota província de Bonden ou perambulando pela Champs-Élysées. O meramente triste no meu caso era que eu queria ser admirada, queria me ver como um reflexo cintilante nos olhos de Lola. Eu não era diferente de Flora. Olha para mim, mamãe! Olha a minha bananeira, papai! Olha a Mia dançando no quintal cheio de mato de Sheri e Allan Burda com uma piscina de criança que logo ficava murcha.

Naquela noite chegou uma mensagem de Boris me informando que Roger Dapp estava voltando de Londres, o que significava que ele perderia sua residência temporária e iria morar com a Pausa. Agora era "prático". Ele queria que eu soubesse. Era bastante "justo". Reagi como uma mulher. Aos prantos.

Você há de se perguntar por que afinal eu desejava Boris, um homem que conta para a esposa, ainda não ex, que está indo morar com sua nova transa por razões "práticas", como se a chocante notícia fosse simplesmente uma questão imobiliária de Nova York. Eu também me perguntei por que afinal o desejava. Se Boris tivesse me abandonado depois de dois ou mesmo dez anos de casamento, o estrago teria sido consideravelmente menor. Trinta anos é muito tempo, e o casamento adquire algo de encravado, uma qualidade quase incestuosa, com complexos ritmos de percepção, diálogo e associações. Havíamos chegado a um ponto em que, ao ouvir uma história ou um caso qualquer durante um jantar com amigos, o mesmo pensamento passava simultaneamente por nossas cabeças, e era só uma questão de qual de nós iria articulá-lo em voz alta. Nossas lembranças também haviam começado a se mesclar. Boris era capaz de jurar por tudo o que era mais sagrado que fora ele quem encontrara a grande garça-azul parada na porta da casa que alugávamos no Maine, e eu também tenho absoluta certeza de tê-la encontrado eu mesma e depois contado a ele. Não há resposta ao enigma, nenhuma documentação — apenas o tecido diáfano e movediço da recordação e da imaginação. Um de nós ouviu a história do outro, visualizou na própria cabeça a imagem do encontro com a ave e criou a lembrança a partir das imagens mentais que acompanhavam a narrativa. Dentro e fora se confundem facilmente. Você e eu. Boris e Mia. Mentes sobrepostas.

Não contei para minha mãe o novo status da Pausa. Isso tornaria o fato real, mais real do que eu estava disposta a aceitar no momento. Pena que sou de verdade, Flora tinha dito. Ela queria entrar na casinha e morar com os brinquedos. Pena que não sou uma personagem de um livro ou de uma peça; não que as coisas sejam sempre boas para elas, mas pelo menos eu estaria escrita em algum lugar. Vou reescrever a mim mesma em outro lugar, pensei, reinventar a história sob uma nova luz: estou melhor sem ele. Alguma vez ele fez alguma tarefa doméstica na vida além de lavar os pratos? Não era verdade que ele a sintonizava e depois dessintonizava, como se você fosse um rádio? E que inúmeras vezes ele a interrompia no meio de uma frase como se você fosse um nada superficial, uma Sra. Ninguém, uma Pessoa

Desaparecida à mesa? Você não continua "bonita" nas palavras da sua mãe? Você não continua capaz de realizar grandes coisas?

Venturas e Desventuras da Famosa Mia Fredricksen, Nascida em Bonden, e ao longo de uma Vida de Contínua Variedade durante Sessenta Anos, Além da Infância, Foi Amante da Poética e Concubina de Vários e Diversos, Trinta Anos Esposa (de um Naturalista e Mandrião), e que por Fim Ganhou Riquezas e Reconhecimento pelos Esforços Orquestrados de Sua Pena, Viveu na Maior Honestidade, e Morreu Impenitente.

Ou: "Ninguém nunca soube quem era Fredricksen. Ela chegou à aldeia de Bonden no verão de 2009, uma forasteira calada que mantinha seu Colt lubrificado guardado na sela, mas foi capaz de usá-lo fatalmente quando surgiu a ocasião".

Ou: "Eu podia reconhecer os passos dela, incansavelmente palmilhando o piso; com frequência ela rompia o silêncio com uma inspiração profunda, parecida com um gemido. Murmurava palavras isoladas; a única que eu consegui captar foi o nome de Boris, ao lado de uma ou outra expressão brutal de ternura ou sofrimento — baixo e sincero, e saindo das profundezas da alma dela". Mia como Heathcliff — um cadáver terrível e zombeteiro virando um fantasma que assombra um apartamento em Manhattan na East Seventieth Street, voltando de quando em quando para atormentar Izcovich e sua Pausa.

A história inteira está na minha cabeça, não está? Não sou tão ingênua filosoficamente a ponto de acreditar que se possa estabelecer uma realidade empírica da HISTÓRIA. Não conseguimos concordar nem quanto às coisas de que lembramos, santo Deus. Estávamos num táxi quando Daisy aos dez anos anunciou sua intenção de fazer teatro. Não, estávamos no metrô. Táxi.

Metrô. Táxi! O problema era que havia inúmeros Boris DENTRO DA MINHA CABEÇA. Ele estava em toda parte. Mesmo que eu não voltasse a vê-lo em carne e osso, Boris como maquinário do pensamento era inevitável. Quantas vezes ele não havia massageado meus pés enquanto assistíamos a um filme juntos, pacientemente amassando e apertando as solas e os dedos e o tornozelo fraturado e dolorido de artrite? Quantas vezes ele não olhara para mim depois de eu ter lavado seu cabelo na banheira com a expressão de uma criança feliz? Quantas vezes ele não abraçara e me embalara depois da chegada de uma carta de recusa de uma editora? Esse também era Boris, afinal. Boris também era assim.

Cheguei dois minutos atrasada para a aula. Na escada ouvi os ataques de risos, gritinhos, e o som cantarolado e zombeteiro dos "Oh, meu Deus!". No instante em que entrei na sala, as meninas ficaram em silêncio. Ao me aproximar delas, vi que todos os olhos estavam voltados para mim e que havia alguma coisa sobre a mesa: uma bolota manchada. O que seria aquilo? Um lenço de papel ensanguentado.

"Alguém está com o nariz sangrando?"

Silêncio. Olhei para aquelas sete caras fechadas e uma expressão que eu não usava desde a infância me ocorreu: "A troco de quê?". Não parecia haver ninguém com o nariz sangrando. Peguei uma ponta intacta do papel sujo entre o polegar e o indicador e o levei até o cesto de lixo. Então perguntei se alguém poderia me explicar o "mistério do lenço ensanguentado", enquanto uma imagem mental de Nancy Drew* em seu conversível azul veio se aproximando.

---

* Jovem detetive de uma série de romances de mistério de autoria de Edward Stratemeyer lançada em 1930. (N. T.)

86

"Quando a gente chegou já estava aí", disse Ashley, "mas a gente achou tão nojento que ninguém quis tirar. O bedel, ou alguém, deve ter colocado aí."

Reparei que Jessie apertou os lábios com força.

"Que asqueroso", disse Emma. "Como alguém pode simplesmente deixar isso assim?"

Alice olhava rigidamente para a mesa.

Nikki olhou de esguelha para o cesto de lixo e fez uma careta. "Tem gente que é porca."

Joan assentiu avidamente. Peyton parecia constrangida.

"Existem muitas coisas piores do que um lenço de papel com sangue. Passemos agora ao assunto do dia: nonsense."

Eu viera munida de poemas: versos para crianças, Ogden Nash, Christopher Isherwood, Lewis Carroll, Antonin Artaud, Edward Lear, Gerard Manley Hopkins. Esperava deslocar a atenção delas da lixeira para os prazeres da subversão do significado. Todas nós escrevemos. As meninas pareciam estar se divertindo, e elogiei o "saboroso" poema de Peyton.

Oh, a gosma balança ao embocar,
Lambo, gruda e volta pra dentro,
Abro a dobra e sorvo o creme.
Adoro meu bolo, atacar!

Quase no fim da oficina, quando Alice lia seu nonsense e tristonho "Solitários devastam o ermo...", Ashley começou a tossir, uma tosse feia. Ela pediu desculpas, disse que precisava beber água e saiu da sala.

Depois da aula, todas saíram apressadas, com exceção de Alice, que ficou. Embora fosse lenta, ela parecia especialmente bonita naquele dia, de camiseta branca e bermuda, e caminhei até ela e estava prestes a falar quando ouvi alguém atrás de mim.

Era a mãe de Jessie, uma mulher gorda na casa dos trinta anos, cabelos loiros escuros, penteados e com laquê. Ela prontamente me informou que vinha em uma missão muito séria. Nem a mãe de Jessie nem a própria Jessie, aparentemente, esperavam o meu tipo de oficina de poesia. Ela ficara sabendo que eu dera às meninas um poema de, respirou fundo, "D. H. Lawrence". A mera alusão ao nome do autor, ao que parecia, sugeria perigo à não polinizada imaginação das flores de Bonden. Quando expliquei que "Cobra" era um poema sobre um homem observando atentamente o animal e sua culpa por assustá-lo, ela travou a mandíbula. "Nós conhecemos nossas filhas", ela disse. A mulher não parecia idiota. Parecia perigosa. Em Bonden, um rumor, um boato, até mesmo a mais deslavada calúnia se espalhava com rapidez sobrenatural. Tranquilizei-a, garantindo que tinha grande respeito por todo tipo de crença — deslavada mentira — e, ao final da conversa, senti que havia aliviado suas preocupações. No entanto, uma frase havia ficado grudada na minha mente: "Deus faz cara feia para essas coisas, é o que eu tenho a lhe dizer. Ele não gosta". Vi a cara dele, o Deus-Pai da sra. Lorquat preenchendo o céu, um camarada bem escanhoado de terno e gravata, cenho franzido, implacavelmente austero, um amor pela mediocridade profundamente sem graça, Deus como o crítico americano por excelência.

Quando olhei para Alice, ela havia desaparecido.

Agora confesso que eu havia começado a me corresponder com o Sr. Ninguém. Em resposta à minha indagação sobre quem era e o que queria afinal, ele escrevera: "Sou uma das suas vozes, é só escolher, uma voz oracular, uma voz plebeia, uma voz de um orador para todas as eras, uma voz de menina, uma voz de menino, um latido, um uivo, um pio. Dolorida, esmerada, irritadiça, generosa, sou a voz de Nenhures vindo falar com você".

Adorei isso, empurrada por minha solidão, um tipo peculiar de solidão mental dolorosa. Boris havia sido meu marido, mas também fora meu interlocutor. Ensinávamo-nos mutuamente e, sem ele, eu ficara sem o meu par de dança. Escrevi a amigos poetas, mas a maioria estava presa dentro do mundo da poesia, tanto quanto os amigos de Boris viviam trancafiados em suas neurologias. Esse tal de Ninguém era um saltador e um trapaceiro. Ele pulava da monadologia de Leibniz para Heisenberg e de Bohr em Copenhague para Wallace Stevens quase sem respirar e, apesar de sua maluquice, acabei me envolvendo e escrevi de volta com contraposições e uma nova escalada de argumentos. Ele era um inflexível antimaterialista, até onde consegui apurar. Cuspia em fisicalistas como Daniel Dennett e Patricia Churchland, alertando contra um mundo pós-newtoniano que havia deixado a substância ao léu. Um intelectual onívoro que parecia haver se obrigado a ir aos limites de seu próprio cérebro turbilhonante, ele não estava bem, mas era divertido. Quando lhe escrevia, sempre imaginava a figura de Leonard. A maioria de nós precisa de uma imagem, afinal, alguém para ver, e foi assim quem dei um rosto ao Sr. Ninguém.

Naquela noite sonhei que acordava no quarto com o Buda sobre a penteadeira onde eu tinha dormido. Saí da cama e, embora houvesse pouca luz, reparei que as paredes estavam úmidas e reluzentes. Estendi a mão, toquei a superfície umedecida com os dedos, coloquei-os na boca e senti gosto de sangue. Então, do quarto vizinho, ouvi um grito de criança. Entrei correndo, vi uma trouxa de trapos no chão e comecei a tirá-los para desembrulhar o tecido e achar a criança, mas tudo o que encontrei foram mais e mais camadas do embrulho. Acordei, respiração opressa. Acordei no quarto onde o sonho havia começado, mas a história não parou por aí. Ouvi gritos. Estaria ainda dormindo? Não. Com o coração acelerado, compreendi que o som vinha da casa vizinha. Santo Deus, pensei, Pete. Pus um roupão e corri para o quintal. Sem bater ou tocar a campainha, corri para dentro da casa deles.

Lá estava Flora sem peruca, cachos castanhos à mostra, prostrada no chão da sala, aos berros. Seu rostinho estava roxo de raiva e suas bochechas vermelhas cobertas de lágrimas e muco enquanto ela chutava uma cadeira com os calcanhares e batia as mãozinhas no assoalho. Simon emitia uma série de gemidos engasgados e desesperados do quarto lá em cima e à minha frente estava Ashley. De pé a uns trinta centímetros de Flora, ela olhava para a menina no chão com olhos vazios e mortiços, vi sua boca estremecer. Quando ela se deu conta de que alguém havia entrado e, no mesmo momento, me reconheceu, observei sua expressão mudar instantaneamente e assumir um ar preocupado e impotente. Acudi Flora, peguei-a nos braços e apertei-a contra mim. O ataque não passou, mas comecei a falar. "É a Mia, coração, a Mia. O que foi?" Foi quando me dei conta do que ela estava berrando: "Meu belo, belo! Belo!".

"Cadê a peruca dela?"

Ashley olhou para mim. "Eu joguei fora. Estava um nojo."

"Vá buscar já!", rosnei para ela.

Flora parou de se retorcer no minuto em que seu "belo" foi recuperado, e com a criança choramingando em meus braços subi a escada até o quarto para resgatar Simon. Dizendo a Flora que precisava colocá-la no chão para pegar Simon, sugeri que ela se abraçasse à minha perna. O corpinho do bebê convulsionava de soluços. Peguei-o e comecei a embalá-lo até que ficasse mais calmo. Nós três, agora um só corpo tricéfalo, descemos lentamente a escada até a sala.

A pessoa que eu havia visto ao chegar tinha sumido. Em seu

lugar estava a Ashley que eu conhecia da oficina, alguém que se sentira aliviada com a minha chegada, que antes se sentira estupefata, que não soubera o que fazer quando Flora espalhou pasta de amendoim na peruca, que quisera ir acudir Simon, mas ficara com medo de deixar Flora sozinha. Tudo fazia sentido. Lola e Peter não eram loucos de deixar duas crianças de menos de quatro com outra de treze anos? Não discuti com ela. Disse-lhe que entendia tudo. O que mais eu poderia dizer? Quando cheguei, vi alguma coisa em você que me deixou chocada? Percebi em seus olhos, na sua boca? Essas intuições não fazem parte do discurso social; podem ser verdadeiras, mas articulá-las parece uma insanidade. Depois de nos ajeitar no sofá, pedi a Ashley que trouxesse uma mamadeira para Simon e a mandei embora para casa.

As crianças estavam ambas exaustas. Simon encolheu-se buscando alimento, sua mãozinha minúscula e dobrada apertando minha clavícula. Flora encontrou um espaço livre um pouco mais abaixo em meu corpo e descansou sua cabeça no meu colo. Adormecemos.

Despertei com um toque de Lola. Sua mão se movia em minha testa e nos meus cabelos. Ouvi passos no corredor da entrada, Pete, o valentão ou digno de pena (dependendo do meu humor), e senti Lola puxando Simon dos meus braços. Ela cheirava a álcool, e seus olhos tinham um olhar marejado, sentimental. Fiz-lhe um resumo dos acontecimentos. Tudo o que ela fez foi sorrir, minha Madonna da província, em sua blusinha cintilante e decotada, sua calça jeans bem justa, e seus brincos dourados feitos por ela mesma — duas torres Eiffel balançando ligeiramente enquanto ela me olhava.

A Doutora S. e eu tivemos uma longa conversa sobre a nova

combinação imobiliária de Boris, durante a qual derramei um pequeno balde de lágrimas, e então contei sobre o lenço de papel com sangue, sobre a saída de Alice, a reclamação da sra. Lorquat, o rosto de Ashley. Usei a frase: "Sinto que alguma coisa está borbulhando aí", e vi bruxas cozinhando sapos em seus sabás. A Doutora S. concordou que era perfeitamente possível que as meninas estivessem lidando com a política da popularidade, mas, quanto a evidências de qualquer coisa mais sinistra do que isso, bem, não existia nenhuma. Meu sonho com sangue interessou-a mais. Trapos. A Mudança. Nunca mais filhos. As crianças da vizinha. Há uma tristeza anelante quando acaba a fertilidade, uma saudade, não de voltar aos dias de sangramento, mas uma saudade da repetição pura e simples, dos ritmos mensais constantes, da invisível atração da própria Lua, a quem outrora você pertencia: Diana, Ishtar, Mardoll, Ártemis, Luna, Álbion, Gálata — enchendo e minguando —, donzela, mãe, anciã.

Na classe, me peguei analisando o rosto de Ashley para ver se encontrava algum sinal da babá assustada do dia anterior, mas não havia nem vestígio. As outras meninas estavam ligeiramente contidas, reparei, mas cooperaram, e não precisei confiscar nenhum telefone. E Alice, Alice parecia feliz, mais do que isso. Ela parecia esfuziante. Nunca a tinha visto daquele jeito. Seus olhos brilhavam, e o poema que escreveu tinha um tom de jazz que eu imaginaria completamente atípico dela. "Hoje o meu poema vai saindo em voz alta/ Cantando na cauda de um cometa/ Berrando para as nuvens/ Dançando sobre o sol". Alguma coisa aconteceu, pensei comigo. Alice saiu por último, como costumava fazer. Ficou parada junto à mesa, cuidadosamente guardando seu caderno e suas canetas na bolsa, e cantarolando algumas notas de uma canção irreconhecível.

"Você está de bom humor hoje."

Ela olhou para mim e sorriu; o aparelho em seus dentes brilhou prateado por um instante à luz da janela.

"Teve alguma notícia boa?"

Alice assentiu.

Olhei seu rosto jovem e a estimulei.

"Você pode achar bobagem", disse ela. "Mas eu recebi uma mensagem, uma boa mensagem, de um menino de quem eu gosto."

"Isso não é bobagem", falei. "Eu me lembro. Lembro como isso era bom."

A caminho da porta, disse-lhe que ela devia continuar escrevendo. Ela riu. Talvez tenha sido a primeira vez que ouvi sua risada. Lá fora, ela saltou os degraus, virou-se para acenar para mim e desandou a correr. Mais adiante no quarteirão, ela reduziu o ritmo, mas sua alegria continuava visível nos passos saltitantes que agregara ao caminhar.

Foi o título que me fez pensar. *Persuasão.* Minha mãe estava lendo, era o próximo título de seu clube do livro com as outras Cisnes e elas haviam me convidado, Mia, Madame Universitária, para dizer algumas palavras à guisa de introdução. Uma história de amor postergado, de amor encontrado, perdido e reencontrado. A heroína de Austen é persuadida a abrir mão DELE. Persuadir: influenciar, demover, conduzir, induzir, dissuadir, dificultar, seduzir, convencer, usar as palavras, especialmente, palavras que agem sobre uma fraqueza, um ponto fraco. Línguas melosas que se agitam quando os homens usam palavras doces para que as mulheres abram suas pernas, a lábia sutil que vence a resistência feminina. Mulheres maliciosas estimulam os homens a este ou àquele crime; a impassível sedutora do cinema com seu pequeno revólver de cabo de madrepérola na bolsa. A língua afiada de Rosalind Russell trocando frases rápidas com Cary Grant em *Jejum de amor*. O amor como batalha verbal. Sherazade não para de falar e fica viva mais uma noite. Os trovadores ansiavam e cantavam pela preferência de uma dama. Eu a conquistarei com palavras e música. Transformarei a anatomia humana em rosas e estrelas e mares. Dissecarei o corpo da Amada em metáforas. Elogiarei. Seduzirei com astúcia. "Se tivéssemos mais mundo, e mais tempo".* Contarei histórias. Sobreviverei a mais uma noite. As comédias terminam em casamento; as tragédias, em morte. Afora isso, não são lá muito diferentes. No final, Sherazade conquista o homem que queria matá-la, mas àquela altura ele já está enlouquecido. Anne Elliot conquista o capitão Wentworth. O desfecho é rápido. É a reconquista dele que importa e o casamento, mas, em espírito, Austen sabe disso, eles já haviam se unido antes e sofrido o vazio da separação durante seis longos anos. Essa história de Mia e Boris começa bem no meio de um casamento, depois de anos de sexo e conversas e brigas. Se for para ser uma comédia, então entraria no território de Stanley Cavell, das comédias de repetição, dos já casados voltando a se unir. O filósofo nos dá um parêntese incisivo: "(Será que os seres humanos podem mudar? O humor e a tristeza das comédias de segundas núpcias pode-se dizer que são resultado do fato de que não temos uma boa resposta a essa questão.)".

Os eleatas não acreditavam em mudança, em movimento. Quando uma coisa deixa de ser ela mesma e se torna outra? Diógenes anda de um lado para o outro em silêncio.

---

* Célebre primeiro verso do poema "To his coy mistress" (À sua amante recatada), de Andrew Marvell. (N. T.)

Podemos mudar e permanecer os mesmos? Eu me lembro. Eu repito.

Querido Boris,

Estou pensando em você na banheira, fumando um charuto. Estou pensando naquele dia em que o seu zíper quebrou em Berkeley e era verão e você estava sem cueca e tinha uma palestra para fazer, então você tirou as fraldas da camisa para fora e torceu para nenhuma brisa soprar e deixar o Sidney à mostra para o público de mais de trezentas pessoas, e tenho pensado no tempo e em rupturas e pausas e que você às vezes me chamava de Ruiva, de Cachinhos, e de Foguinho, e eu chamava você de Ollie depois que a sua barriga ficou um pouco grande e de Izcovitch Sem Prega na cama, e isso é tudo além do fato de que Bonden não é tão chato, apesar de tudo aqui ser um pouco lento e quente demais. Estou esperando Bea e depois Daisy virem me visitar e a mamãe está bem, e tenho pensado no Stefan, também, mas sobre os dias felizes, as risadas, os três mosqueteiros no velho apartamento em Tompkins Place e agora sim isso é tudo. Amor, Mia

A Doutora S. conversara comigo sobre o pensamento mágico. Ela tinha razão. Não se pode simplesmente desejar que nosso mundo se torne real. Tudo depende muito do acaso, do que não se pode controlar, dos outros. Ela não dissera que escrever para Boris era uma má ideia, mas ele nunca emitia nenhum juízo sobre nada. Esse era seu truque.

Lola me deu um par de brincos, duas miniaturas do edifício Chrysler. Eu havia comentado com ela que era o meu prédio favorito em Nova York, e ela os fizera com um delicado fio de ouro. Segurando-os, não pude deixar de pensar nas torres da mesma cidade que também formavam pares, gêmeas, e uma sensação de tristeza me calou por um momento, mas em seguida agradeci com entusiasmo, experimentei-os, e ela sorriu. Vendo seu sorriso, me dei conta de como ela era calma, tranquila, imperturbável, e de que essas qualidades associadas, que beiravam a languidez, eram o que me atraía. Supus que dentro de sua cabeça o discurso que se passava também era tranquilo. Minha própria cabeça era um armazém de palavrórios, o *flux des mots* de uma miríade de contrários que discutiam e debatiam e se provocavam com mediações mordazes e então começavam tudo de novo. Às vezes essa tagarelice interna me exauria. Lola não era tonta, no entanto. Eu havia conhecido pessoas que me entediavam por parecerem desprovidas de qualquer confabulação e deliberação interna (as PRESUNÇOSAMENTE IDIOTAS) e outras que, qualquer que fosse sua capacidade interna de cogitações complexas, viviam dentro de uma caixa indevassável, imunes ao diálogo (as INTELIGENTES PORÉM MORTAS). Lola não pertencia a nenhuma dessas categorias, e, muito embora o que ela dizia nunca fosse original ou sagaz, eu sentia uma perspicácia em seu corpo que faltava em sua fala. Pequenas alterações em sua expressão facial, um lento movimento dos dedos, ou uma nova tensão em seus ombros quando eu falava com ela me fizeram perceber a intensidade com que me escutava, e ela parecia capaz de ouvir mesmo enquanto arrumava a bermuda de Flora ou trocava o babador de Simon. Desconfio que ela sabe, sem precisar dizer a si mesma, que eu a admiro.

A oferta dos edifícios Chrysler aconteceu em um sábado, se não estou me confundindo, porque muitas vezes me confundo com dias e datas, mas, se bem me lembro, Simon estava dormindo no andador, bem amarrado, e a peruca não estava na cabeça de Flora. Ela a princípio abraçava a peruca apertando-a ao peito, chupando várias madeixas, enquanto meditava profundamente sobre algo que só ela sabia, até que a largou no chão e saiu correndo para o quarto para examinar de perto os Budas do professor. Os três estavam excepcionalmente limpos e lustrados. Estavam de saída para visitar os pais de Lola em White Bear Lake. Elogiei as roupas das crianças, Lola suspirou e disse: "Isso se ficarem assim até a gente chegar lá. Quantas vezes a Flora não derrama o suco de uva e o Simon vomita e eu chego lá toda suja. Eu levo mais roupas limpas para eles no carro".

Naquele mesmo dia, Flora me apresentou Moki. Enquanto ela me contava sobre ele, balançava para a frente e para trás, esticando o lábio inferior, franzindo a boca, sua respiração ofegante entre as frases.

"Ele foi malvado hoje. Muito alto. Muito alto. E pula-pula."

"Pula-pula?"

Flora riu para mim, seus olhinhos se acenderam de entusiasmo. "Ele pulou na casa. E depois voou."

"Ele voa?"

Ela fez que sim toda animada. "Mas ele não vai rápido. Ele voa devagarzinho assim." Ela demonstrou mexendo pernas e braços como se estivesse nadando no ar.

Ela chegou bem perto de mim e falou: "Ele pulou no teto e na janela e no carro!".

"Uau", falei.

Tagarelou sobre ele, a mãe sorria. Tiveram que esperar o Moki porque ele demorava mesmo. Moki adorava biscoito com pedacinhos de chocolate, banana e limonada, e tinha um cabelo loiro comprido e lindo. Ele era bem forte também e conseguia levantar objetos pesados, "até caminhão!".

Moki era vivo. Depois que foram embora, pensei por um momento no imaginário e no real, na satisfação do desejo, na fantasia, nas histórias que nos contamos a nosso próprio respeito. A ficção é um vasto território, a perder de vista, de fronteiras difusas, que não se sabe ao certo onde começa e onde termina. Mapeamos as ilusões por meio de acordos coletivos. Do sujeito que acredita estar emitindo radiações tóxicas enquanto ninguém à sua volta parece minimamente afetado pode-se dizer que está sofrendo de alguma patologia e seguramente pode-se trancá-lo na ala psiquiátrica. Mas digamos que a fantasia desse homem seja tão vívida, que afeta o vizinho, que então passa a sofrer com dores de cabeça e náuseas, e dê início a uma histeria contagiosa e a cidade inteira comece a apresentar ânsias de vômito — aqui não existe certa AMBIGUIDADE? O vômito é real. Pensei naquelas mulheres enlouquecidas se debatendo e se machucando na igreja de St. Medard, seus delírios grotescos e suas convulsões, seus prazeres secretos, sua gloriosa subversão de ABSOLUTAMENTE TUDO. E o que eu pensava na minha loucura? Eu achava que Boris, mancomunado com "eles", estava contra mim, e isso, de fato, era uma ilusão — no entanto, não era também um uivo contra o modo como as coisas eram para mim, um *cri de coeur* para ser VISTA de verdade, não soterrada embaixo dos clichês e miragens dos desejos dos outros, soterrada até o pescoço como a pobre Winnie. Beckett sabia como era. Eles também não estavam me adulterando dentro da minha conspiração? A Nora de Ibsen dança a *tarantella*, mas a coisa acaba fugindo ao controle. É feroz demais. Abigail esconde o aspirador que suga a cidade. É feroz demais. Noto pelas sobrancelhas de meu pai que não é certo, na boca de minha mãe que é inapropriado, no cenho franzido de Boris que sou muito estridente — contundente demais. Sou feroz demais. Sou Moki. Estou pulando no telhado, mas não sei voar.

***

Acho que no dia 23 de março de 1998 você foi a única pessoa que viu Sidney.
Boris

Quando leio isso, sorrio. Claro, ele não esqueceria a data exata. Seu cérebro era um maldito calendário. Fiquei contente com o fato de ele ter se lembrado de que abri o zíper para o soldadinho, que ficou em posição de sentido ao meu comando. Oh, Sidney, aonde você foi e onde está agora? Por que essa AUSÊNCIA sem permissão agora, meu velho amigo? Claro, você nunca foi muito brilhante. Como todos os seus pares, você era pouco mais do que um instrumento idiota do cérebro de crocodilo de seu dono. Mas, ainda assim, não consigo evitar a pergunta: onde anda você, meu velho camarada?

Muito em breve, você está dizendo, chegaremos a uma encruzilhada, um cruzamento, no caminho. Haverá AÇÃO. Haverá mais do que a personificação de um pênis muito querido e envelhecido, mais dos que as tangentes extravagantes de Mia quanto a isso ou àquilo, mais do que presenças e Ninguéns e Amigos Imaginários, ou mortos ou Pausas ou homens às escondidas, por tudo o que é mais sagrado, nenhuma dessas velhas senhoras ou meninas poetisas ou a jovem vizinha conciliadora ou a hesitante versão de Harpo Marx com quase quatro anos, nem mesmo o pequenino Simon FARÁ qualquer coisa. Contudo, juro que farão, sim. Alguma coisa está sendo preparada, oh, se está, algo borbulha no caldeirão da bruxa. Sei porque vivi. Mas antes de chegar lá, gostaria de lhe dizer, Gentil Leitor aí fora, que você está aqui comigo agora, nesta página, quero dizer, se você chegou até este parágrafo, se você ainda não desistiu nem me largou, a mim, Mia, em um canto da sala, ou mesmo se você largou, mas ficou se perguntando se alguma coisa não aconteceria muito em breve e me pegou de volta e ainda está lendo, então quero entrar em contato, segurar seu rosto com as duas mãos e cobri-lo de beijos, beijos no rosto, no queixo, em toda a sua testa e um na ponta do seu nariz (narizes de distintos formatos), porque eu sou sua, toda sua.

Só queria que você soubesse disso.

Alice não veio à oficina. Eram só seis, e, quando perguntei se alguma delas sabia se Alice estava doente, Ashley arriscou que talvez fosse uma alergia; ela era muito alérgica a diversas substâncias, e um risinho contido se fez entre elas, um contágio brando de humor, que me deu a oportunidade de dizer: "Alergia é engraçado?".

As meninas ficaram em silêncio, e então passamos a Stevens e Roethke e ao significado de olhar de fato para uma coisa, qualquer coisa, e como depois de algum tempo, essa coisa se torna estranha e cada vez mais estranha; eu as introduzi na fenomenologia e as fiz ficar olhando para seus lápis e suas borrachas e a minha caixa de lenços de papel e um celular, e escrevemos sobre olhar coisas e a luz.

Depois da aula, Ashley, Emma, Nikki, e a segunda encarnação de Nikki, Joan, me informaram que Alice estava um pouco "esquisita" ultimamente e "tinha feito uma cena ontem porque não gostou de uma brincadeira". Quando perguntei que brincadeira fora essa, Peyton ficou sem graça e desviou os olhos dos meus. Jessie disse com sua voz fininha que eu já devia ter percebido que Alice era "meio esquisita".

Só fiz piorar as coisas ao comentar que Alice era Alice, e

eu não havia notado particularmente nenhuma diferença preocupante naquele sentido. Todas temos nossas idiossincrasias e arrisquei que ela parecia "animada" na última aula (sem dizer que eu sabia o porquê), e de fato tinha escrito um poema muito divertido, por isso eu estava surpresa de saber que ela não reagia bem a brincadeiras.

Ashley chupava uma pastilha de hortelã ou algum doce duro, e fiquei observando os movimentos da bala em sua boca, seus olhos meditativos. "Bem, ela toma remédio para distúrbio de humor, você sabe, porque ela é meio..." Ashley fez um gesto com o dedo girando ao lado da cabeça.

"Isso eu não sabia", Peyton disse em voz alta.

"Quer dizer que ela tem déficit de atenção?", disse Nikki.

"Ela não falou como é o nome do distúrbio. É uma coisa que...", Ashley começou, escondendo os olhos.

"Metade da escola toma Ritalina ou coisas assim", declarou Peyton. "Isso não quer dizer nada."

Vi Emma olhando com censura para Peyton. Emma não era discreta.

O esclarecimento sobre Alice não viria dali. Sorri para o grupinho à minha volta e disse bem devagar: "Talvez vocês não acreditem, mas eu também já fui jovem e, mais do que isso, me *lembro* de quando era jovem. Lembro exatamente de como era na idade de vocês, na verdade, lembro bem até mesmo dessas *brincadeiras*". Foi um momento cinematográfico, e eu tinha plena consciência disso. Dei o melhor de mim para usar minha melhor expressão catedrática, autorizada, de "boa professora amada pelas alunas, misto de *Adeus, Mr. Chips* e a Jean Brodie de *Primavera de uma solteirona*; então fechei o livro de Theodore Roethke, me levantei, saí de cena. No filme, a câmera me seguiria até a porta, meus saltos altos — sandálias na verdade — percorrendo atenta as tábuas do assoalho; então eu paro, apenas por um momento, e me viro para olhar de esguelha. A câmera agora está bem perto de mim. Vê-se somente o meu rosto, e, na tela, meu rosto é gigantesco, talvez tenha quase quatro metros. Eu olho radiante para vocês, a plateia, viro-me novamente, e a porta se fecha atrás de mim com um clique sonoplástico.

Parece que aconteceu alguma coisa com Abigail. Minha mãe estava sentada ao lado dela no sofá, massageando suas costas. Regina ficava fazendo ruídos: gemidos agudos em *stacatto*.

"Ela caiu", mamãe me disse, pálida. "Acabou de cair no chão."

Abigail examinava os joelhos com uma expressão confusa, e senti um espasmo de medo. Inclinei-me sobre ela, peguei sua mão e fiz as perguntas de praxe, começando com "Você está bem?" e passando aos detalhes sobre alguma dor, uma sensação estranha. Ela não respondeu, mas olhou firme para baixo e começou a balançar lentamente a cabeça.

Regina espalmou as mãos no ar e, com voz sufocada, disse: "Vou ter que pedir ajuda agora. Vou pedir arrego. Ela não pode falar agora. Oh, meu Deus. Tem que ligar pro Nigel. Ele vai saber o que fazer". (Nigel era o tal inglês, e exatamente o que ele poderia fazer em Leeds por Abigail em Bonden era um segredo que só Regina parecia saber.)

Abigail virou o rosto para a amiga em pânico e disse com voz alta a firme: "Cale a boca, Regina. Alguém me ajuda aqui a arrumar o meu sutiã antes que eu morra estrangulada".

Regina pareceu ofendida. Baixou as mãos e afundou no sofá, um cenho franzido em seu rosto ainda incrivelmente bonito.

Juntas, minha mãe e eu conseguimos por fim soltar o acessório incômodo, que subira na afobação do momento, e acomodamos nossa amiga mútua no sofá.

"Abigail", minha mãe disse. "Fiquei tão apavorada."

Cair era o pavor de todas em Rolling Meadows. Algumas pessoas, como George, não conseguiam se levantar. Um quadril trincado, um tornozelo luxado, e nunca mais voltavam a ser as mesmas. Ossos antigos. O fato de Abigail não ter quebrado nenhum pedaço de seu frágil esqueleto me pareceu sobrenatural. Descobri depois que minha mãe, sabiamente ou não, havia amparado a amiga com o próprio corpo e transformado uma fragorosa queda numa lenta implosão.

A certa altura da conversa que entabulamos, notei que Abigail já se sentia bem melhor, porque começou a me fazer sinais com as sobrancelhas, um gesto seguido de espiadas para o próprio colo. Não atinei com o que ela queria dizer até reparar que ela estava com as mãos nos bolsos de seu vestido bordado, deixando ver o vermelho do forro. A mulher estava *vestindo* seu alumbramento secreto. Escondida em seus bolsos estava uma mensagem subversiva, um bordado erótico, outra peça íntima, sem dúvida criada anos atrás. Telegrafei de volta meu silencioso entendimento de que o vestido estava carregado, por assim dizer, com outro pano oculto do arsenal privado de Abigail, e esse conhecimento tácito entre nós pareceu lhe dar um prazer genuíno, pois ela abriu um sorriso malicioso e ergueu mais algumas vezes a sobrancelha para confirmar nossa cumplicidade. Peg chegou e, depois de ouvir a história toda, reagiu do modo mais típico de sua natureza, declarando que Abigail "era abençoada" e que minha mãe "era uma heroína" (denominação que minha mãe desaprovou duramente, mas que decerto foi de seu agrado). Na sequência, ela começou a falar de Robin Womack, uma personalidade da televisão local com uma bela cabeleira. "Ele eu deixo ficar de sapato na minha cama quando quiser!" Embora a referência aos sapatos me parecesse desnecessária, tal permissão claramente revelava um interesse em Womack e sua farta cabeleira.

Exatamente como chegamos à poesia, não sei, porém as Cisnes lembraram com ternura alguns versos de seus tempos de menina. Peg perambulou solitária como uma nuvem pela sala, enquanto minha mãe leu em voz alta "O leitor", de Wallace Stevens. Não há palavras na página do leitor, apenas "o traço de astros ardentes/ No céu glacial". E Regina se lembrou da imortal "árvore" americana de Joyce Kilmer, e eu recitei o "Haicai" de Ron Padgett: "Como passou depressa./ Digo, a vida". Sempre me fez dar risada, esse poema, no entanto nenhuma das Cisnes emitiu o mais breve riso que fosse, nem por deboche. Minha mãe sorriu com tristeza. Abigail assentiu com a cabeça. Os olhos de Peg divagaram com o que imaginei serem as próprias lembranças. Regina parecia à beira das lágrimas, mas então disse em voz alta que esperava que eu não tivesse dado "esse poema" às minhas meninas; respondi que esse poema não faria sentido para elas porque naquela idade a vida era realmente longa. O tempo é uma questão de porcentagens e crenças. Se na metade da sua vida você tinha seis ou sete, o arco desses anos parece ainda maior do que cinquenta anos para uma pessoa de cem, pois o jovem experimenta o futuro como infinito e normalmente pensa nos adultos como membros de outra espécie. Só o velho tem acesso à brevidade da vida.

Regina me informou, num confuso discurso de frustrante imprecisão, que alguma coisa havia "acontecido" a uma das meninas da minha oficina. Ela só não se lembrava do nome, "talvez Lucy, não, Janet, não, nenhum dos dois"; qualquer que fosse o nome, Regina ficara sabendo pelo cunhado de Adrian Bortwaffle, que era muito amigo de Tony Rosterhaus (a relação desse Tony com a minha turma era completamente desconhecida para mim, assim como para Regina), que tinha acontecido algum tipo de acidente, e que a menina passara a noite no hospital.

Há momentos em que a fragilidade de todas as criaturas

vivas é tão aparente que se começa a esperar por um choque, uma queda, ou que algo se quebre a qualquer instante. Fiquei nesse estado depois que Boris me deixou e meus nervos explodiram — não, antes disso, desde o suicídio de Stefan. Não existe futuro sem um passado porque o que vai acontecer não pode ser imaginado exceto na forma da repetição. Eu havia começado a contar com as calamidades.

Minha mãe e eu levamos Abigail até seu apartamento e a ajudamos a instalá-la confortavelmente no sofá. Ela nos mandou "parar com a histeria" diversas vezes, mas em seu rosto eu lia o alívio por não estar sozinha, não ainda. Ela jurou que veria um médico e nos deu beijinhos de despedida.

Mais tarde naquela noite, vi o hematoma multicolorido que minha mãe ganhara ao amparar a amiga do chão. O andador de alguma forma estivera envolvido e minha mãe devia ter batido nele com força. "Não precisa comentar isso com a Abigail", disse ela. Várias vezes. Jurei várias vezes. Sentamos ali na sala de estar e percebi a quietude do prédio, quase um silêncio, exceto pelo som de alguma remota televisão.

"Mia", ela disse, pouco antes de eu ir embora. "Queria que você soubesse que eu faria tudo outra vez."

Minha mãe às vezes agia como se eu tivesse acesso ao que ela estava pensando. "O quê, mamãe?"

Ela pareceu surpresa. "Casar com o seu pai."

"Apesar de todas as diferenças, você quer dizer?"

"É, teria sido bom se ele fosse um pouquinho diferente, mas ele não era, e foram tantos dias bons, além dos ruins, e às vezes justamente aquilo que eu queria mudar nele um dia, no dia seguinte era o que tornava possível uma coisa boa, não ruim, se é que você me entende."

"Por exemplo?"

"O respeito dele pelo dever, pela honra, pela retidão. O que um dia me fazia querer gritar, me deixava orgulhosa no dia seguinte."

"Sei", falei. "Eu entendo."

"Quero que você saiba como está sendo bom ter você por perto, como estou feliz. Eu tenho me divertido. É muito solitário aqui e você tem sido a minha felicidade, meu consolo, minha amiga."

Esse discurso um tanto formal me deixou contente, mas reconheci no tom cerimonioso a sempre presente fisgada do tempo. Minha mãe estava velha. Amanhã ela podia tropeçar ou subitamente adoecer. Podia estar morta. Quando nos despedimos na saída, minha mãe, pequenina, estava de pijama florido. A calça ficava folgada em seus quadris estreitos e terminava na altura da protuberância dos tornozelos ossudos. Ela estava com uma garrafa térmica cor de fígado nos braços.

Daisy escreveu:

Querida mamãe,

Fui almoçar com o papai e ele não parecia muito bem. Estava com uma camisa toda manchada, com um cheiro de cinzeiro, e não tinha feito a barba. Quer dizer, eu sei que ele espera dois dias para fazer, mas parecia que ele não se barbeava fazia uma semana e, pior, acho que ele estava chorando antes de eu chegar. Falei que ele estava péssimo, parecia um mendigo, mas ele insistia em dizer que estava ótimo. Eu estou ótimo. Eu estou ótimo. Senhor Negação. O que você acha? Continuo tentando fazer ele falar comigo? Contrato um detetive? Falta pouco, mamacita, para nos vermos!

Beijões da sua confusa e ainda decepcionada com o papai,
Daisy

***

Respondi:

O seu pai não devia estar chorando. Ele só chora vendo filme. Mas fique de olho nele, sim.
Amor,
Mamãe

Eu conhecia Boris fazia uma semana quando ele me levou para assistir *Laços humanos*, de Elia Kazan, no Thalia da 95 com a Broadway. Há um momento no filme em que a jovem heroína, interpretada por Peggy Ann Garner, entra na barbearia para buscar a caneca de barbear do pai que morreu. É uma cena afetuosa. A menina adorava o pai bêbado, sentimental, cheio de falsas esperanças e sonhos impossíveis, e perdê-lo foi um golpe e tanto. Não achei que Boris tivesse fungado, embora pudesse ter sido isso, mas por algum motivo virei para olhar. O homem ao meu lado vertia lágrimas em dois fios grossos que gotejavam do queixo na camisa. Fiquei tão perplexa com essa demonstração de sentimento, que educadamente a ignorei. Mais tarde, pude entender que Boris reagia muito mais diretamente ao indireto; isto é, suas verdadeiras emoções apareciam quando mediadas pelo irreal. De quando em quando, eu estava de olhos secos ao lado dele enquanto ele chupava o nariz e caía no choro diante de atores em uma tela grande e plana. Nunca, jamais, vi Boris chorar no chamado mundo real, nem pelo Stefan, nem por sua mãe, nem por mim ou por Daisy ou por amigos mortos ou nenhum outro ser humano que não fosse de celuloide. Dito isso, fiquei abalada pelo pensamento estranhamente assustador de que Boris talvez tivesse mudado, de que, se não tivesse encontrado

Daisy na saída de um cinema (o que parecia improvável porque ele trabalha o tempo todo e nos últimos tempos praticamente só assistia a filmes em DVD), a Pausa podia ter alterado a estrutura profunda do caráter dele. Estaria chorando por ela, a francesa em busca de novos neuropeptídeos? O muro teria caído por ela?

Ninguém estava atacado. Ninguém entendia Ninguém — esse era o cerne do problema. Nós dois havíamos topado com "o núcleo duro do problema": a consciência. O que é a consciência afinal? Por que temos consciência? Meu correspondente, altamente consciente, investia contra a estupidez monumental do cientificismo e a atomização de processos que eram claramente inseparáveis, "um fluxo, uma torrente, uma onda, um rio, não uma série de rígidos seixos discretos alinhados em sequência! Qualquer idiota seria capaz de adivinhar essa verdade. Leia o nosso William James, que estupendo Melancólico!". Um Thomas Bernhard da filosofia, Ninguém era dado a fúrias biliosas que estranhamente tinham em mim um efeito calmante. Eu também adorava o Estupendo Melancólico, mas o conduzi ao fluxo e às correntes de Plutarco, o grego sagaz que se bateu contra os estoicos em suas *Moralia*:

1. Todas as substâncias individuais estão em fluxo e movimento, deixando para trás partes suas e recebendo outras provenientes de outros lugares.

2. O número e a quantidade inicial ou resultante não permanecem os mesmos: eles se diferenciam na medida em que a substância assimila uma transformação a partir desse ir e vir.

3. É um erro ter se tornado costume dominante chamar essas mudanças de crescimento e diminuição. Seria mais apropriado, em vez disso, chamá-las de criação e destruição (*phthorai*), pois elas removem alguma coisa de seu caráter estabelecido, que se torna outro caráter diferente, enquanto crescimento e diminuição acontecem a um mesmo corpo que passa por uma mudança.

A história é antiga. Quando uma coisa se torna outra? Como se pode saber? Ele também atacou Boris, chamou-o de ingênuo, um homem cujas noções de eu primário e subprimário eram absurdas, descabidas. "Não se pode localizar o eu numa rede neural!" Defendi o membro ausente da minha família com algum vigor, mas Boris era bastante específico no que queria dizer — ele estava falando de um sistema biológico subjacente necessário à existência do eu. Segundo meu camarada invisível, não era só o Boris, todo mundo estava fazendo as perguntas erradas, com exceção do próprio Ninguém, isolado porta-voz de uma visão sintética que uniria todos os campos, acabando com a cultura dos especialistas e reencaminhando o pensamento para "a dança e a brincadeira". Um niilista utópico, eis o que ele era, um niilista utópico na fase maníaca. Eu continuava achando que ele precisava mesmo era de alguém que lhe passasse a mão na cabeça, um bom e demorado cafuné. E, no entanto, disse comigo mesma, quando eu estava louca, eu era eu ou não era? Quando uma pessoa vira outra?

Você se lembra, escrevi para Boris, *uma noite há dois anos quando a gente percebeu que tinha pensado exatamente a mesma coisa, não era uma coisa nada óbvia, uma ideia bem excêntrica, aliás, que nos ocorreu a partir de um mesmo catalisador, e então você disse:* "Sabe, se a gente vivesse mais cem anos juntos, será que chegaríamos a virar a mesma pessoa?". *Ton amie, Mia*

Quando Alice não apareceu na aula e eu perguntei se alguém sabia alguma coisa, as meninas se fizeram de bobas, ou pelo menos foi o que eu achei. Não sabia se o boato do hospital era verdade, e parecia uma tolice passá-lo adiante, por isso resolvi ir à própria fonte. Telefonei para a casa de Alice, a mãe atendeu, e ela me contou que Alice estava doente, sentiu muita dor de estômago e a levaram às pressas para o hospital, mas os médicos não acharam nada e a mandaram para casa depois de uma noite de exames. Quando perguntei como a filha estava se sentindo agora, ela disse que parecia não estar mais com dor, porém se mostrava muito desanimada e deprimida e se recusava a voltar para o curso. Com toda a delicadeza que consegui reunir, comentei que as meninas haviam contado a respeito de uma certa "brincadeira" com a Alice, e que eu tinha ficado preocupada. Queria falar com Alice. A mulher concordou, foi até mesmo solícita, pensei, e senti na voz dela aquele tom de medo maternal fundado não em evidências, e sim na intuição.

Alice não se levantou para me ver. Fui levada até seu quarto estranhamente azul-claro, onde ela estava deitada por cima da colcha azul-clara coberta de nuvens brancas olhando o teto, braços cruzados no peito como um cadáver sendo preparado para o funeral. Puxei uma cadeira para perto da cama, sentei, e fiquei ouvindo enquanto a mãe discretamente fechava a porta. O rosto da menina parecia uma máscara. Enquanto falava com ela, Alice não moveu um músculo. Contei que havíamos sentido sua falta na oficina, que não era a mesma coisa sem ela, que eu sentia muito por ela ter adoecido, mas esperava que logo voltasse, assim que estivesse totalmente recuperada.

Sem virar a cabeça para olhar para mim, ela disse para o teto: "Eu não posso mais voltar".

Não dizer é tão interessante quanto dizer, descobri. Por que falar, por que a breve jornada de dentro para fora, podia ser algo tão excruciante sob certas circunstâncias era fascinante. Tudo o que Alice fez foi balançar a cabeça para trás e para a frente. Mencionei a "brincadeira", e seu rosto assumiu uma expressão de dor. Seus lábios sumiram, pois ela os dobrou para dentro, e vi uma lágrima esboçada em cada duto lacrimal; porém, como ela estava olhando para cima, nenhuma das duas pingou. Em vez disso, escorreram-lhe por sobre a pele das bochechas.

Deixemos Alice ali deitada em sua colcha de nuvens com suas bochechas brilhantes. Façamos uma pausa, pois, embora eu tenha ficado ali sentada de corpo presente, pus-me a divagar por pelo menos uma hora. Fiz um passeio mental. Não é fácil conversar com uma pessoa de treze anos que não quer conversar com você ou, se quer falar, deve ser mimada, persuadida e adulada em troca de preciosas sílabas que podem resolver o mistério do crime. Para ser franca, é um tanto aborrecido, de modo que vamos dispensar a longa e torturante tarefa de arrancar palavras da menina e voltar a ela assim que as tiver proferido.

* * *

Não sei por que pensei naquela explosão erótica. As nuvens, a cama, a luz que entrava pela janela da garota naquela tarde, uma neblina densa de luz de verão — qualquer uma delas ou todas essas coisas podem ter agido. Boris havia me acompanhado a um festival de poesia, onde eu leria para uma plateia de vinte pessoas (um público bastante bom, pensei) e ficáramos perambulando pelas ruas enevoadas de São Francisco. Um poeta amigo recomendara um massagista, um profissional de altíssima qualidade que transformava corpos humanos com suas mãos. Era uma ideia atraente para alguém cuja cabeça cheia e acelerada eventualmente perdia de vista o resto do corpo lá embaixo. O nome do sujeito era Bedgood. Archibald Bedgood. Não estou inventando. Talvez tenha sido esse nome o culpado de tudo. Nada é certo. De todo modo, Boris ficou esperando numa sala lateral (ambiente relaxante, música *new age*, projetado para fazer de qualquer ser humano um sonâmbulo). Deitei-me nua por baixo da toalha que cobria meu traseiro na cama de massagem de Bedgood, com alguma ansiedade, verdade seja dita, e o homem começou a mexer. Ele era sistemático, decoroso — por alguma mágica a toalha jamais perdeu seu propósito de modesta cobertura. Ele lidava com cada parte do corpo individualmente, os quatro membros, pés e mãos, costas e cabeça, até meu rosto no final. Não senti nada remotamente sexual, nenhum arroubo erótico ou fantasia. Não me lembro sequer de ter pensado em alguma coisa, mas, depois de uma hora e meia, Bedgood havia me reduzido a geleia. Mia não estava, desaparecida em combate, por assim dizer. A pessoa que saiu da sala de massagem para encontrar Boris roncando no sofá cor-de-rosa estava transformada, como na propaganda. Ela fora reconstruída em um ser mole, aéreo, mas ao mesmo tempo eufórico. Depois de acordar

Izcovich de seu divã pastel, a personagem refeita (que mereceria um novo nome: FiFi ou Didi ou Bonequinha ou ainda simplesmente Boneca) saiu de braços dados com o Marido rumo ao Hotel da Poesia, e foi lá que na cama macia demais eu (ou ela) me abri completamente, rachando-me em pedaços flamejantes, e fui transportada ao Paraíso quatro vezes em rápida sucessão.

A experiência é digna de nota, sem nenhuma palavra que se encaixe na noção convencional de romance. Depois da sessão com Bedgood, qualquer pessoa — não, minto —, qualquer pessoa, pássaro, animal ou mesmo objeto inanimado (desde que não fosse frio) teria conseguido me levar aos píncaros da experiência erótica. A lição aqui é que o extremo relaxamento proporciona prazer e que o extremo relaxamento é um estado de abertura quase completo para qualquer coisa que surja. É também um estado de ausência de pensamento. Comecei a me perguntar se havia pessoas que viviam a vida à vontade, tranquilamente, e praticamente vazias a maior parte do tempo, se haveria outras Bonecas lá fora numa espécie de transe sensual permanente. Uma vez li sobre uma mulher que tinha sempre orgasmos escovando os dentes, relato que me impressionou, mas que depois de Bedgood fez algum sentido. Uma escova de dentes teria resolvido.

Há coisa de dois anos numa discussão sobre sexo e cérebro, fiquei CHOCADA quando um colega de Boris me garantiu que no reino animal — ou melhor, no lado feminino do reino animal, ou ainda, em outras palavras, entre as rainhas do mundo animal — apenas as humanas experimentam o orgasmo. Quando expressei minha perplexidade, Boris e outros cinco pesquisadores homens da mesa concordaram com o dr. Brooder. Nós, bípedes, conseguíamos, mas nenhum outro bicho. Entre os machos, é claro, tal proeza era comum em todos os degraus da escala mamífera. O desejo masculino possui raízes biológicas profundas; na mulher, é mero acaso, um acidente. De um ponto de vista puramente biológico, isso me pareceu absurdo. Minhas irmãs primatas, que compartilhavam boa parte do mesmo equipamento, de alto a baixo, não se divertiam durante o sexo! O que isso significava? Entre as primas quadrúpedes, apenas os machos tinham essa alegria? Enquanto eu expunha o que se passava em minha cabeça, Boris me olhou com raiva do outro lado da mesa (eu fora admitida como convidada especial). Alguns livros e diversos artigos depois, descobri que os seis presunçosos estavam muito enganados, o que significava, evidentemente, que eu estava muito certa. Em 1971, Frances Burton verificou o orgasmo em quatro entre cinco macacas rhesus em seu laboratório. Macacas carecas experimentam orgasmo regularmente, mas a maioria com outras macacas, não com os machos, e quando gozam as damas símias gemem como nós. Alan F. Dixson, autor de *Sexualidade primata: estudos comparativos entre prossímios, macacos, hominoides e seres humanos*, escreveu que elas expressam seu enlevo em sons que lembram a Mamãe Noel: "Ho, ho, ho!". Usei essas três ejaculações verbais ao confortar o velho com as minhas provas: "Ho! Ho! Ho!", eu disse, batendo com os dois volumes e os seis artigos na mesa, todos marcados com post-its.

Por que, você pode se perguntar, a teoria da não diversão para macacas se tornou tão conhecida a ponto de todos os seis sujeitos da mesa a aceitarem como verdade, apesar de as primatas em questão possuírem clitóris, assim como TODAS as mamíferas? Onan, se você se lembra da página 77, foi punido por desperdiçar sua semente. Ele não devia tê-la lançado no chão, mas colocado em algum lugar — dentro de uma mulher. Esse é o argumento "não desperdice para não faltar para as crianças". Entretanto, diferentemente de Onan, que não conseguiu inseminar ninguém sem orgasmo, a hipotética mulher de Onan (a mulher dentro de quem ele devia ter se lançado) é perfeitamente capaz de engravidar sem ter nenhum grande-O, fato reconhecido por Aristóteles porém esquecido por séculos. Em 1559, Colombo descobriu o clitóris (*dulcedo amoris*) — Renaldus Columbus, a bem dizer. Ele o descobriu durante uma de suas viagens anatômicas, embora Gabriele Fallopius também dispute a descoberta, insistindo que ele havia avistado o outeiro antes. Permita-me traçar uma analogia entre os dois Colombos exploradores, Cristóvão e Renaldus. Suas descobertas, separadas por menos de cem anos, a primeira de um corpo de terra, a segunda, de uma parte do corpo, possuem o mesmo orgulho arrogante, da perspectiva hierárquica. No caso do Novo Mundo, o observador é um europeu. No caso do clitóris, é um homem. Tanto os povos que viviam no "Novo Mundo" havia milhares de anos como, ouso dizer, a maioria das mulheres ficariam estupefatos com tais "descobertas". Isso dito, o clitóris permanece um enigma darwiniano. Se não é necessário para a concepção, POR QUE afinal está lá? É uma estrutura adaptativa ou não adaptativa? O pequeno pênis enrugado (não adaptativo) possui uma longa história. Gould e Lewontin defendem que os clitóris são como tetas no homem, um resquício anatômico. Outros dizem que não; a ervilha do prazer serve a um propósito evolutivo. As batalhas são sangrentas. Mas, eu lhe pergunto, que importância tem se é uma adaptação ou qual é o tamanho se o bendito membrinho funciona? Antes de voltarmos à nossa história, deixo-os com as imortais palavras de Jane Sharp, uma parteira inglesa do século XVII, que sobre o clitóris escreveu: "Fica de pé e cai como uma jarda e deixa as mulheres lascivas e com prazer na cópula". (Mulheres, mas não apenas, também as irmãs símias, e, na espera de mais pesquisas, provavelmente outras mamíferas. Outro subcomentário: o uso no século XVII da medida jarda para pênis não lhes parece exagero, a não ser que a jarda na época não fosse a mesma de hoje em dia?)

Quando Colombo viu o Monte da felicidade,
Parou e se perguntou: "O que será isso?".
Um botão, uma ervilha?
Alguma anomalia histórica?
Não, seu boboca, é um clitóris!

A confissão de Alice não foi coerente, porém foi possível recompor uma narrativa depois de encerrada. Ela falou comigo e com a mãe, Ellen, que entrou pouco depois que os segredos começaram a ser revelados. Meus olhos iam da filha para a mãe conforme a menina oscilava entre sussurros quase inaudíveis, sufocadas confissões e soluços roufenhos. Reparei que o rosto da mãe funcionava como um vago espelho para a filha. Quando Alice falava suavemente, Ellen se inclinava para a frente, com os olhos atentos enquanto os lábios registravam cada insulto com minúsculos movimentos. Quando Alice começou a chorar, os olhos de Ellen se apertaram, uma ruga surgiu entre as sobrancelhas, e sua boca retesou-se em uma única linha reta, mas ela não verteu uma lágrima. A atenção materna é algo muito especial. A mãe deve ouvir, e deve ser enfática, contudo não pode se identificar completamente com a filha. Isso exige um distanciamento decidido, uma distância só obtida por meio do afastamento da história que está sendo contada. Saber que magoaram minha menina pode facilmente desencadear uma reação brutal, algo do gênero "Vou acabar com a raça dessas vacas e comê-las de sobremesa". Observando Ellen, notei que ela resistia ao desejo de grotesca vingança e me dei conta de que estava gostando dela — tanto por sua raiva quanto por bloqueá-la.

Alice vinha recebendo recados horríveis já fazia algum tempo. "Piranha" e "Puta" apareciam regularmente em mensagens de texto, assim como os originais comentários "Você se acha muito esperta", "Volte para Chicago se você é tudo isso", "Vadia horrorosa", "Putinha magrela e esquisita" e "Forçada". Todas anônimas. Quanto à minha quadrilha de meninas poetas, Alice confessou que elas ora se aproximavam, ora se afastavam dela; um dia amigas, no outro uma pedra de gelo. Ora a incluíam, ora a excluíam do grupo. Quando, depois de semanas de angústia, ela confrontou as meninas com um direto "O que foi que eu fiz?", elas riram, viraram os olhos e ficaram a remedando — "O que foi que eu fiz?" sem parar. Doeu pensar especialmente em Peyton entre as torturadoras. Depois, fotos de Alice nua diante de seu espelho foram postadas no Facebook — imagens borradas feitas com um celular através de uma fresta da janela. O nariz da pobrezinha estava escorrendo depois que ela soltou essa confissão humilhante. Ela havia tirado as fotos da rede, é claro, mas o estrago já estava feito. A lembrança do meu corpo em transformação aos treze anos e o sentimento dolorosamente íntimo e protetor pelos meus seios recentemente cheios, meus três pelos púbicos, e as misteriosas linhas avermelhadas que apareceram nos meus quadris (que só dois mais tarde descobri que eram estrias) me fizeram estremecer de constrangimento. A história do lenço sangrento foi confusa, mas por fim Ellen e eu compreendemos que Alice menstruara pouco antes de a minha aula começar e foi desprevenida e tímida demais para pedir um absorvente às "amigas". Ela revestiu a calcinha com Kleenex, que era o que tinha na bolsa (por conta de suas alergias), entretanto, quando ela entrou na sala, um pedaço de lenço com sangue escapou da bermuda e caiu no chão. Nesse momento Ashley agarrou-o e, fingindo só então entender o que tinha na mão, jogou-o na mesa e começou a berrar "Que nojo, que nojo". A última tramoia, e que deve ter provocado as dores de estômago, envolvia uma mensagem de seu desejado Zack, que marcara de encontrá-la no parque, perto do balanço, às três. Devia ser para lá que Alice estava indo quando a vi saltitante pela calçada depois da aula às quinze para as três. Quando ela chegou, no entanto, não havia nem sinal de Zack. Ela esperou meia hora e então, percebendo que havia algo de errado, sentou na grama, cobriu o rosto com as mãos e chorou. Quando as lágrimas vieram, ouviram-se risinhos de zombaria detrás da cerca alta do parque. A vaia das meninas invisíveis censurava Alice por fantasiar que um menino como Zack chegaria um dia a olhar para ela. Essa, aparentemente, tinha sido a última "brincadeira", a que Alice não soube "aceitar" muito bem.

Apesar das particularidades, a história de Alice é infelizmente familiar. A estrutura básica se repete, com múltiplas variações, o tempo todo, em toda parte. Embora eventualmente às claras, as crueldades são em geral discretas, golpes furtivos para envergonhar e magoar a vítima, estratégia com frequência adotada por meninas, não por meninos, que costumam ir direto aos socos, às pancadas, aos chutes na virilha. O duelo ao amanhecer, com seus elaborados legalismos, seus segundos e passos; sua mítica reencarnação no Velho Oeste americano quando um chapéu preto e um chapéu branco se enfrentam com suas seis balas cada; o velho te pego lá fora entre dois machos, cada um acompanhado de sua facção de torcedores; mesmo o valentão do playground (menino volta para casa com o olho roxo e o pai diz: "Você ganhou?") — tudo isso é visto com dignidade nessa cultura na qual nenhuma forma de rivalidade feminina encontra equivalente. Uma luta física entre meninas ou mulheres é uma briga de gato, caracterizada por arranhões, mordidas, tapas, saias voando, e um toque de ridículo ou, inversamente, de espetáculo erótico para o deleite masculino, a deliciosa visão de duas mulheres "se pegando". Não há nada de nobre em sair vitoriosa de uma briga assim. Aliás, não tem nada da boa e limpa briga entre dois gatos. Enquanto fiquei ali sentada olhando a expressão de Alice, triste e vermelha, imaginei-a socando o queixo de Ashley e me perguntei se a solução masculina não seria mesmo mais eficaz. Se as meninas fossem às vias de fato em vez de tramar joguinhos cruéis de sabotagem umas com as outras, não sofreriam menos? Mas isso, pensei, não aconteceria neste mundo. E mesmo nesse mundo improvável onde uma menina sacudisse a poeira do corpo depois de uma luta corporal com sua nêmesis e se declarasse vitoriosa, de que adiantaria?

Quando fui me despedir das duas, Ellen fizera a filha já mocinha sentar em seu colo. Mãe e filha estavam encolhidas sobre o pufe, onde Ellen havia sentado sozinha minutos antes, ouvindo a saga de intrigas e decepções da filha. Alice aninhou a cabeça no pescoço da mãe, e suas compridas pernas nuas ficaram para fora do pufe. Ellen passava a mão nas costas da filha, lenta e ritmadamente. Atrás das duas, vi uma fileira de bonecas antigas na prateleira. O rosto impassível de porcelana de uma delas fitava a parede atrás de mim. Outra tinha um sorriso sutil nos lábios cor-de-rosa. Outra era uma mulher de quimono em rígida atenção. Uma boneca bebê antiga estava de costas com os braços no ar. Todo o coro, disse comigo mesma, ganha vida e mexe os lábios em uníssono. Vi até seus dentes. A velha magia estremeceu dentro deles por um instante, *animus, élan vital*. Na calçada a caminho de "casa", tive um pensamento selvagem:

Não posso mais ficar apenas contemplando tudo isso,
Nem, vendo o que estou vendo, as lágrimas conter.*

Quando meus pés voltaram a se mover, um na frente do ou-

---

* No original, na tradução de Dudley Fitts e Robert Fitzgerald do texto de Sófocles: "But I can no longer stand in awe of this,/ Nor, seeing what I see, keep back my tears". Fala do Corifeu no quarto episódio do terceiro estásimo da tragédia. (N. T.)

tro, meu passo acelerou e lembrei a fonte. Uma cortesia do coro de bonecas. *Antígona*. Sorri. Uma tragédia para um travesti, mas ainda assim, pensei comigo, lá está o luto. E quem haverá de medir o sofrimento? Quem de vocês irá calcular a magnitude da dor dentro de um ser humano em determinado momento?

Multiplique por palavras, Alice —
Sua artilharia aérea cospe lanças,
Racha sílabas, quebra vidro
Jorra fúria para o céu.
Os cem trapaceiros que voam
na página são você,
Cardumes de sorrisos a lápis enquanto
Cabeças ovais são esmagadas no chão ou
Diga o nome da Górgona no espelho
Alice. A gêmea monstruosa, a outra história,
Cuja boca evoca mortais ventanias,
Pensamentos proibidos, frases insolentes
Contidas nos tempos de silenciosa santidade.
Bom comportamento. Conduta E de excelente.
Chora, Alice, se você quer chorar, uiva!
Faz chover, faz um dilúvio
Do A de agulhas dos seus olhos.
Seus muitos Eus. Multidões.
Instigada, faça escândalo, desgraça, crie problemas,
E se é o que deseja, deseje três vezes.
Deseje que sumam. Reduza a nada.
Risque os nomes com tinta preta.
Farte-os de doçuras sublimadas
Até que mordam e caiam
A seus pés dançantes.

Eu não estava certa de ter gostado do poema, mas achei terrivelmente bom escrevê-lo. "Por que elas são tão cruéis comigo?", Alice havia dito isso várias vezes com uma voz suave e perplexa. Não era esse afinal o intrigado refrão dos "meio esquisitos"? Jessie dissera que eu já devia ter percebido que Alice era "meio esquisita". Esquisita como? A percepção é carregada de diferenças visíveis, de luzes e sombras e massas e corpos em movimento, mas há sempre diferenças e semelhanças invisíveis, ideias que traçam limites, separam, isolam, identificam. Eu fui, sou, meio esquisita. Não faço parte da turma. Fora, sempre fora. Sinto o vento frio soprando em mim. Eu precisaria resolver o que fazer com elas: o bando, as meninas. Não podia deixar aquilo continuar. Entretanto, deveria evitar odiá-las, minhas seis raparigas em flor com seus prazeres sádicos, a inveja que emanavam pelos poros, e sua chocante falta de empatia. Ashley, a princesa do castigo. Eu não havia reparado no modo como ela olhou para Flora? Ashley, minha dedicada aluna. A menina queria poder. Sem dúvida era o que lhe faltava em casa, filha do meio de uma família grande onde provavelmente todos lutavam para conquistar o reconhecimento do pai e da mãe. Olhem para mim! Certamente, ela também merecia simpatia. Pensei na mãe dela; é pior ser mãe de uma valentona do que de uma vítima, pior ser mãe de uma filha cruel do que de alguém cuja vulnerabilidade dá margem à violência. Eu teria de inventar uma estratégia, se não para controlar a situação, pelo menos para resolvê-la abertamente. Diante de mim eu tinha os campos abertos de Bonden, planos e amplos, com o céu imenso sobre eles.

Chorei na noite em que Bea chegou. Você poderia pensar que, depois de toda a choradeira em que me debulhei nos últimos seis meses, meus dutos estariam secos e meus olhos estariam permanentemente comprometidos com tais torrentes, mas parecia haver um suprimento infinito da secreção salgada, e as lágrimas vieram regulares e generosas, aqui e ali, sem deixar sequelas. O velho templo carnal é de fato um prodígio. Foi tão bom ter Bea dando seus tapinhas nas minhas costas e me amparando e me embalando um pouco em seus braços. Mia e Bia. Assim que passou minha elegíaca lacrimosidade, sentamos na cama dos Burda, e ela me pôs a par das novidades de Jack e os meninos. (Jack, o mesmo bom e velho Jack, que a deixava louca com suas esculturas de fim de semana, cujos resultados ela chamava de ereções, pois eram todas imponentes saliências inspiradas nos falos de Gaudí sobre a Casa Milá, mas ela *não* queria aquilo espalhado no gramado. Ela não queria um horizonte de falos no jardim, santo Deus. Jonah na faculdade, Ben um pouco perdido na escola mas indo bem no teatro musical e nada de namorada, talvez ele seja gay, o que para Bea não era problema, ela simplesmente sabia que não podia tomar a iniciativa de falar com ele, que tipo de mãe faria isso, se ele era ou não era, e no entanto ele não era claramente *esquisito*, nem nada, de modo que eles o deixariam descobrir sozinho, e ela no direito, que ela amava como Harold amava, Nosso Pai, antes dela, as sutilezas e brechas e os precedentes e até mesmo o trabalho duro, jurídico.)

E então, com nossas cabeças, uma castanha e a outra ruiva, lado a lado nos travesseiros, ficamos deitadas olhando o teto branco e lembramos que brincávamos de Baby Huey. Eu costumava ser Huey, o enorme pato bebê de fralda que babava e vomitava e fazia cocô e fazia sons guturais para a uivante felicidade de Bea. Lembramos da sra. Klinchklonch, a megera que inventamos, que odiava criança, e como adorávamos descrever seus feitos monstruosos. Ela lançava crianças pela janela, jogava-as no poço, temperava-as com bastante pimenta, e as encharcava em calda de chocolate. Lembramos que fomos as Mellolards, um grupo vocal que aparecia quando sentávamos nas cadeirinhas vermelhas da nossa mesinha vermelha e cantávamos jingles de propaganda, não verdadeiros comerciais, mas jingles inventados do creme dental que jorrava do tubo e de sabão em pó que deixava as roupas verdes e um doce que derretia na mão, antes de chegar à sua boca. Lembramos dos nossos vestidos azuis com aventais e nossos sapatos de couro patente que brilhavam com vaselina e que mantínhamos nossos joelhos juntos e colocávamos as mãos no colo e éramos muito, muito boazinhas. Lembramos do calendário bordado da mamãe e os minúsculos presentes embrulhadinhos que apareciam a cada dia de dezembro e que nossa ansiedade pelo Natal nos dava dores de barriga, e lembramos dos banhos de banheira. Colocávamos uma toalhinha sobre os olhos para não entrar sabão e nos deitávamos, e mamãe derramava a água quente nas nossas cabeças com um jarro, e aquecia toalhas na secadora e nos enrolava naqueles panos quentes, e então papai nos levantava, uma de cada vez, bem no alto, e delicadamente nos colocava em poltronas na frente da lareira para nos manter aquecidas. Aquela banheira era o paraíso, disse Bea. Era mesmo, falei, e então ela me contou que costumava fingir estar dormindo no carro quando voltávamos tarde da casa dos nossos avós para que o papai a levasse no colo, e eu contei que sabia que ela fingia e que eu tinha ciúmes porque já era grandinha, e às vezes eu ficava preocupada porque achava que ele amava mais você. Eu era uma chorona, e ela não. Você ainda é uma chorona, ela disse. É verdade, falei. Talvez, disse minha irmã, eu devesse ter chorado mais. Sempre achei que tinha que ser durona. Ficamos caladas.

Sinto muito por ter sido tão fraca, Bea.

Vamos dormir, ela disse, e eu disse vamos, e nós dormimos, nem tomei remédio, e dormi muito bem.

Como dizê-lo?, a sua triste narradora, maluca e chorona pergunta a si mesma. Como dizê-lo? Daqui em diante tudo fica um tanto abarrotado — há simultaneidades, uma coisa que acontece em Rolling Meadows, outra no Arts Guild, outra na casa vizinha, sem falar no meu Boris perambulando pelas ruas de Nova York com minha preocupada Daisy em seu encalço; tudo isso deverá ser abordado. E todos sabemos que a simultaneidade é um GRANDE problema para as palavras. Elas vêm em sequência, sempre, apenas em sequência, de modo que, enquanto as escolho, recorrerei ao dr. Samuel Johnson. Recorrer brevemente ao dr. Johnson é uma boa tentativa, nosso homem da língua inglesa, nosso sábio, gordo, gotoso e escrofuloso, bondoso e astuto glutão, um ser de autoridade, a quem recorremos sempre em momentos difíceis, um *pater familias* cultural que foi tão importante que tinha seu próprio empregado documentando seus passos AINDA EM VIDA. E isso no século XVIII, muito antes de todo mundo (Fulano, Beltrano e Sicrano, Lila e Jane) passar a registrar cada detalhe idiota de suas vidas lamentáveis na internet. (Favor reparar no acréscimo de Lila e Jane; não existe equivalente feminino desses "fulanos", no sentido de "qualquer um"; "uma fulana", infelizmente, soa como algo totalmente diferente.) A rua dos escritores comerciais, no entanto, para grande decepção do dr. Johnson, transbordava de incontáveis confissões ou falsas confissões, tão chocantes e arrepiantes quanto as memórias angustiadas de hoje em dia. Mas basta. Citemos *Rasselas*, uma passagem sobre o casamento, onde nosso herói elogia o sacramento:

Assim se dá o processo comum do casamento. Um jovem e uma donzela se conhecem por acaso, ou são aproximados por artifício, trocam olhares, civilidades recíprocas, vão para casa e sonham um com o outro. Tendo pouco com que desviar a atenção ou diversificar o pensamento, encontram-se irrequietos quando estão separados, e portanto concluem que serão felizes juntos. Casam-se, e descobrem o que só a cegueira voluntária anteriormente pode haver disfarçado; exaurem suas vidas em altercações e sobrecarregam a natureza de crueldades.

A ignorância voluntária disfarça a amarga realidade: você quer dizer que estou presa a você? Mas agora é diferente, diz o leitor tarimbado. Isso foi nos velhos tempos. Agora somos mais esclarecidos do que o Iluminismo, nós, do século XXI, com nossas bugigangas eletrônicas, emoticons e divórcios sem justa causa. Ho! Ho! Ho!, é a minha resposta a você. As tristezas do sexo não têm fim. Diga uma época, e eu lhe mostrarei uma narrativa lacrimosa de relações conjugais que azedam. Será que eu posso mesmo culpar Boris por sua Pausa, por sua necessidade de aproveitar o dia, por ter agarrado a oportunidade enquanto ainda era tempo, uma oportunidade para o veterano que ele vinha rapidamente se tornando? Não merecemos todos nos esbaldar e trepar e seguir em frente? A vida sexual do próprio dr. Johnson permanece oculta, em sua maior parte, graças aos céus, mas sabemos que David Garrick contou a David Hume, que contou a Boswell, que registrou em seu diário, que, após testemunhar o prazer demonstrado pelo dr. Johnson certa noite no teatro, Garrick comentou que o eminente lexicógrafo devia voltar mais vezes, ao que o Grande Homem afirmou que não o faria. "Pois os seios brancos e as meias de seda de suas atrizes", disse o Sábio, "excitam minha genitália." Todos temos nossas peculiaridades embaraçosas, adaptativas ou não, e é da nossa natureza conceder a elas. A pessoa pode estar doente de ciúmes e solidão e ainda assim compreender isso.

Mas existe ainda outro aspecto dos casamentos duradouros

que raramente se comenta. O que começa como um prazer para os olhos, a visão do reluzente ser amado, que incita o apetite por fuque-fuques incessantes, muda com o tempo. Os parceiros envelhecem e se transformam e acabam ficando tão acostumados à presença do outro que a visão deixa de ser o sentido mais importante. Eu costumava ficar ouvindo Boris de manhã quando acordava e via sua metade da cama vazia, ouvia a descarga ou o som da chaleira que ele enchia de água. Eu ficava tateando os ossos duros de seus ombros quando colocava as mãos neles para cumprimentá-lo em silêncio quando ele lia o jornal antes de ir para o laboratório. Eu não precisava olhar para seu rosto ou examinar seu corpo; simplesmente sentia que ele estava lá, sentia seu cheiro no quarto escuro. O odor de seu corpo quente se tornara parte do quarto. E quando conversávamos noite adentro, era nas suas frases que eu prestava atenção. Atenta às transições que ele fazia de um pensamento para o outro, concentrava-me no conteúdo de sua fala que se desenrolava em minha mente, e o colocava dentro do diálogo que travávamos naquele momento, que era às vezes selvagem, mas muitas vezes não. Era raro que eu o estudasse. Não raro, depois de fazermos aquilo, quando ele caminhava nu pelo quarto, eu olhava para seu corpo pálido e comprido com a barriga redonda e sua perna esquerda com suas varizes azuis e seus pés macios e bem formados, mas não sempre. Isso não é mais a cegueira voluntária da nova atração; é a cegueira de uma intimidade lavrada em anos de vidas paralelas, com suas feridas e seus bálsamos.

Durante nossa última sessão por telefone antes da viagem que ela faria em agosto, contei à Doutora S. o que nunca tinha contado a ninguém. Uma semana antes de Stefan se matar, nós dois estávamos sentados no sofá de nossa casa no Brooklyn, esperando Boris chegar. Meu cunhado tinha saído do hospital dois dias antes. Estava tomando seu lítio, mas me explicava que a droga deixava sua mente achatada e o mundo ficava distante. Recostou-se no sofá, fechou os olhos e disse: "Mas mesmo quando a minha cabeça morre, eu te amo, Mia", e eu disse que também o amava, e ele disse: "Não, eu te amo. Sempre amei e isso está me matando".

Stefan era louco, mas nem sempre. Naquela hora ele não estava nada louco. E ele era lindo. Sempre o achei bonito, por mais abatido e frustrado que fosse. Os irmãos se pareciam, porém Stefan era muito mais magro e muito mais delicado, de traços quase femininos. Quase morria de fome, pois se esquecia de comer durante as fases de mania. Quando estava louco, participava de orgias sexuais com bêbadas que conhecia em bares e comprava livros em quantidades que não podia pagar, como meu amigo Ninguém, e fazia referências profusas a filosofias tão misteriosas que às vezes era difícil acompanhar. Naquele dia, contudo, ele demonstrava um estado de quietude. Eu disse algo sobre seu sentimento ser um equívoco, por todo o tempo que havíamos estado juntos, que ele passara a contar comigo, gaguejando confusamente, e então minhas frases degringolaram no silêncio, mas ele continuou: Eu te amo porque somos iguais. Não somos como o Comandante. Era um dos apelidos com que Stefan se referia a Boris. De humor beligerante, às vezes Stefan cumprimentava assim o irmão mais velho. Irmã Vida,* disse Stefan, virando-se para mim e, pegando meu rosto com as duas mãos, me beijou longa e avidamente e eu deixei e adorei e nunca devia ter adorado, eu disse à Doutora S. Antes que Boris entrasse pela porta, eu disse a Stefan que não podíamos e que aquilo era uma bobagem, toda

---

* *Minha irmã Vida* é o título da primeira coletânea de poemas do poeta russo Boris Pasternak, escritos em 1917 e publicados em 1921. (N. T.)

aquela conversa mole, e ele pareceu ficar muito magoado. E isso está me matando. Irmã Culpa. Seu rosto morto terrível, seu corpo morto terrível.

Eu sabia que não era culpada pela morte de Stefan. Sabia que ele devia ter decidido num momento de desespero que não queria mais montar o dorso do dragão, e no entanto nunca fui capaz de reproduzir nossa conversa em voz alta a ninguém, nunca fui capaz de deixar que as palavras fossem ditas abertamente, nos campos abertos sob aquele vasto céu. Ouvindo-me falar, compreendi que, ao declarar nossa mesma fraqueza e nossa raiva diante do Grande Boris, Stefan se ligara a mim com um beijo. Não ficara mortificada e em silêncio por conta do beijo em si, e sim pelo que eu havia sentido em Stefan, seu ciúme e sua vingança, e fora isso que me deixara assustada, não por encontrar aqueles sentimentos em Stefan, mas em mim mesma. O irmão caçula. A esposa. Aqueles que ficavam em segundo plano.

"Mas você e Stefan não eram iguais", disse a Doutora S., pouco antes de desligarmos.

Iguais não. Diferentes.

"No hospital eu me senti como Stefan."

"Mas, Mia", disse a Doutora S., "você está viva, e você quer viver. Até onde consigo avaliar, a sua vontade de viver extravasa pelos seus poros."

Irmã Vida.

Fiquei ouvindo minha própria respiração por algum tempo. Ouvi a Doutora S. respirando ao telefone. Sim, pensei. Extravasando por meus poros. Gostei disso. Disse a ela que havia gostado. Somos criaturas tão estranhas, nós, seres humanos. Alguma coisa tinha acontecido. Algo se havia desatado durante aquela conversa.

"Se eu estivesse aí agora", falei, "eu pularia no seu colo e lhe daria um grande abraço."

"Isso seria um abraço e tanto", disse a Doutora S.

***

Mais ou menos ao mesmo tempo, com diferença de um ou dois dias, talvez semanas, para a frente ou para trás, ocorreram os seguintes acontecimentos, longe da minha consciência imediata dos fenômenos e não necessariamente na ordem aqui apresentada. Não poderiam ser desembaralhados por mim e talvez por ninguém, assim, *in media res*:

Minha mãe está lendo *Persuasão* pela terceira vez para se preparar para o encontro do clube do livro no salão de Rolling Meadows no dia 15 de agosto. Ela assume uma posição extremamente confortável para a tarefa. Deitada na cama com três travesseiros nas costas, um colarinho ortopédico para não forçar a artrite, uma bolsa de água quente para os pés frios, óculos de leitura na ponta do nariz para focalizar as letras e uma mesinha encomendada especialmente para manter o livro na posição, ela mergulha na vida daquelas personagens que já conhece tão bem, principalmente Anne Elliot, que minha mãe, Bea e eu amamos, e sobre quem conversamos como se Kellynch Hall ficasse logo ali, e se a boa e velha e sofrida e sensível Anne pudesse bater na porta a qualquer momento.

Pete e Lola têm brigado muito.

Daisy, que ainda faz Muriel todas as noites no teatro, vira a Detetive Daisy depois da peça e segue o enigmático pai pela cidade. O sujeito vem fazendo longas perambulações noturnas, cujo significado ela não consegue alcançar. Dedicada à personagem, Daisy se vale de fantasias extravagantes nessas expedições peripatéticas, que (embora eu não soubesse detalhes de sua vida de espiã na época) pareciam chamar mais atenção do que lhe proporcionar um disfarce: óculos de Groucho Marx, sobrancelhas, nariz e bigode postiços; peruca loira comprida e um brilhante vestido longo vermelho; paletó e maleta; chapéu-coco e bengala. Claro, em Nova York, onde pelados, malucos e esquisitos em geral se misturam livremente aos sérios e convencionais, ela podia passar despercebida pelas hordas de pedestres sem receber sequer um olhar. Por volta das três da manhã, toda madrugada, Boris voltava ao apartamento na East Seventieth Street, entrava, e desaparecia da visão da filha. Então, ela retornava ao apartamento dela em Tribeca, atirava-se exausta na cama e, como me contou mais tarde, apagava.

Simon riu pela primeira vez. Enquanto Lola e Pete se debruçavam sobre o berço principesco, expressões contorcidas de adoração, ele olhou para seus dois devotos, agitou braços e pernas em um ataque de excitação, e soltou uma gargalhada.

Abigail devorou minhas seis antologias breves de poemas, todas fielmente publicadas pela Fever Press de São Francisco, Califórnia: *Dicção perdida*, *Pequenas verdades*, *Hipérbole no céu*, *A mulher de obsidiana*, *Maldição* e *Bocejos, lampejos e desejos*.

Regina anda esquecida. Nem minha mãe, nem Peg ou Abigail são capazes de dizer quando perceberam os primeiros sinais de decadência na memória da amiga. Todas, afinal, esqueciam partes da realidade recente. Elas também, de quando em quando, repetiam perguntas e histórias, mas o esquecimento de Regina tinha outras tintas. As três Cisnes (quatro quando George estava viva) toleravam a vaidade, o autocentramento de Regina, sua inquietude (ela nunca comia em um restaurante sem antes trocar três vezes de lugar), pois ela sabia como se divertir. Ela é que oferecia os chás e comprava os ingressos para esse ou aquele evento. Contava piadas divertidas misturando histórias, e raramente aparecia no apartamento das amigas sem uma lembrancinha: uma flor ou uma caixa decorativa ou um candelabro trazido de alguma de suas viagens pelo mundo; mas o advento de uma possível trombose — "Vai direto para o pulmão e eu morro" — conferira à sua personagem já avoada uma propulsão extra que passou em seguida a uma espiral em alta velocidade. Sua amnésia galopante para compromissos, conversas, lugares das chaves e da bolsa, seus óculos e alguns rostos (não das Cisnes, outros rostos) rapidamente a levou ao pânico e às lágrimas. As deficiências que as outras três chamavam de "senhorite" ou "cabeça de velha" pareciam deixá-la arrasada. Ela ia ao médico três ou quatro vezes por semana, repetindo de má vontade ao médico aquilo em que simplesmente não conseguia acreditar, não posso acreditar que ela, ela, Regina, que um dia, com o casamento de todo modo, fora uma peça importante no mundo da diplomacia internacional, tinha acabado ali, naquele lugar, um asilo — isso é um asilo afinal de contas, não? Ela se sente ultrajada. E assim, aos poucos, sem que ninguém consiga precisar exatamente o momento da transformação, a velha coquete alienou-se de suas amigas muito mais estoicas.

Flora se tornou mais psicológica: "Mamãe, sabe de uma coisa engraçada?".
"Não, Flora", diz Lola.
"Às vezes eu te amo tanto, tanto, tanto, mas às vezes eu te odeio muito, muito."

Ellen Wright telefonou para as outras mães, repetindo calmamente a história de Alice, e marcou uma reunião com os pais e as meninas na casa dela. Ela me chamou também, mas eu não pude ir por causa da Bea e disse que passaria a usar em aula poemas que promovessem o bem geral — a compreensão mútua, a afetuosa camaradagem, a bondade enternecida —, embora não tivesse a menor ideia de como faria isso. Sei apenas que o colóquio ocorreu no domingo seguinte à fatídica sexta-feira em que Alice confessou os desagradáveis detalhes da perseguição que vinha sofrendo. As mães e as filhas (o pai de Alice era o único personagem masculino no grupo) se encontraram por volta do mesmo horário em que Bea, minha mãe e eu bebíamos uma taça de Sancerre enquanto preparávamos o jantar de despedida para Bea em minha cozinha alugada — um suculento frango assado com alho, limão, azeite, salada de batatinhas e vagens da horta de Lola. Os relatos de segunda mão não podem ser rearranjados à perfeição, mas o drama se revela, senão conforme se segue, ao menos de modo muito similar e, como bem sabemos, mesmo relatos de testemunhas oculares dificilmente são confiáveis, portanto você terá de engolir esse relatório da forma como eu resolvi passá-lo a limpo.

Seis mães tensas espalham-se pela sala de estar dos Wright adentro com as filhas macambúzias e irritadiças a reboque. (Se alguém repara ou não no enorme pôster do padre de Goya derrotando um ladrão em seis partes, do Instituto de Arte de Chicago, que está pendurado na parede sobre o sofá, não sei dizer, mas se trata de uma grande obra mesmo em reprodução.) Ellen Wright, que aprendera as técnicas do serviço social e trabalhava como administradora da Clínica Médica de Bonden, abriu os trabalhos com um breve discurso, ao longo do qual se valeu da palavra do momento para descrever os acontecimentos em questão: *bullying*. Comentou sobre a frequência dos casos, sobre os perigos potenciais à saúde mental *no longo prazo*, comentou que as meninas eram mais discretas e dissimuladas do que os meninos (meus adjetivos) e que tais atitudes não desaparecem sozinhas; *é preciso um contexto*. Os lugares-comuns que pontuavam o discurso da sociologia popular não são de responsabilidade minha. A sra. Wright então manifestou seu profundo desejo de ouvir, de abrir o diálogo para todas as envolvidas.

Silêncio. Vários pares de olhos fitam Alice, sentada entre os pais protetores.

A sra. Deus Não Gosta Disso Lorquat, mãe de Jessie, perguntou-se em voz alta, uma vez que boa parte das ocorrências era anônima, se seria possível afirmar que sua Jessie estivera mesmo *envolvida*.

A sra. Hartley, mãe de Emma, cutucou a filha para que ela falasse. Vários cutucões depois, Emma, com o rosto vermelho, confessou que as mensagens haviam sido escritas por um elenco coletivo. E deu os nomes das autoras: Jessie, Ashley, Joan, Nikki e ela própria. Mas contou também que elas não tiveram intenção; foi só uma dessas besteiras que as crianças fazem.

Nikki e Joan, alternadamente, fizeram breves comentários exclamativos reafirmando que elas tampouco tiveram intenção de causar algum mal. É que Alice estava sempre falando de Chicago e estava sempre lendo livros e agindo como se fosse melhor do que elas, e então elas acharam que ela era meio metida e tudo e tal.

A sra. Larsen, mãe de Ashley, de aparência exausta, voz cansada, falou inocentemente à filha de rosto impassível: Mas eu achava que você e Alice fossem boas amigas.

Nós somos!

Peyton, contorcendo-se sob uma avalanche de culpa, berrou: "Mentirosa!". E despejou revelações que não serão nenhuma surpresa nem para você nem para mim, enquanto a sra. Berg tentava conter o ardor da filha, dizendo calmamente: "Não grite, Peyton". Mas Peyton continuou berrando que Ashley tinha feito as fotos e postado na internet, e depois sugeriu a mentira sobre Zack, e que ela, Peyton, participou e se sentia mal, muito mal. Peyton não havia terminado ainda. Havia mais. Peyton disse que havia ficado com medo de contar, apavorada, porque ela, Ashley, tinha criado um clubinho chamado Círculo das Bruxas. Para fazer parte, cada menina tinha que se cortar com uma faca e assinar com o sangue num documento, onde jurava lealdade aos outros membros e prometia que a aliança negra permaneceria em segredo eternamente. Peyton mostrou a prova: uma pequena cicatriz na coxa de sua perna esquerda tão comprida.

Essa guinada gótica no processo, com aquela atmosfera de ritual satânico, criou um rebuliço entre os adultos. Pobre sr. Wright, professor de Química, acostumado a preparar futuros médicos pelos altos e baixos da previsão de fórmulas com íons poliatômicos, sentiu-se extremamente incomodado e passou a um intenso exame das próprias unhas. A sra. Lorquat engasga, na medida em que documentos sanguinolentos são muito mais ofensivos a Deus do que D. H. Lawrence. As mães de Nikki e Joan, amigas da vida inteira, sentadas lado a lado, ficam de queixo caído simultaneamente. Seguem-se mais perguntas horrorizadas aos membros do Círculo das Bruxas.

Ashley começa a chorar.

Alice observa.

Ellen observa Alice.

O que se passa pela cabeça de Alice, não sabemos; mas é mais do que provável que sinta certa satisfação com o fato de as bruxas adolescentes de Bonden terem sido expostas. Ao mesmo tempo, Alice não irá a parte alguma. Ela vai ficar na cidade com aquelas diabinhas, suas amigas.

Comentário: Os instrumentos das trevas nos revelam verdades.* O que são esses instrumentos? Meninos são sempre meni-

---

* Shakespeare, *Macbeth*, ato 1, cena 3, fala do general Banquo. (N. T.)

nos: ruidosos, indóceis, chutando, subindo em árvores. Mas as meninas são sempre meninas? Delicadas, protetoras, suaves, passivas, cúmplices, furtivas, cruéis?

Começamos todos iguais no ventre de nossa mãe. Todos, nós todos, flutuando no mar amniótico de nosso esquecimento primitivo, possuímos gônadas. Se o cromossomo Y não entrasse em ação nas gônadas de alguns de nós, fazendo os testículos, todos seríamos mulheres. Em biologia, a história do Gênesis é ao contrário: Adão vira Adão a partir de Eva, e não o contrário. Os homens são costelas metafóricas das mulheres, e não as mulheres dos homens. A maior parte do tempo, XX = ovários, XY = testículos. O renomado médico grego Galeno acreditava que os genitais femininos eram uma inversão dos masculinos, e vice-versa, uma visão que perdurou por séculos: "Vire o da mulher pelo avesso, dobre para dentro, por assim dizer, e dobre duas vezes o do homem e encontrará a mesma coisa nos dois sob todos os aspectos". Claro, o para fora sempre ganha do para dentro. Para dentro é sempre pior. Exatamente por quê, não sei dizer. Para fora é bastante vulnerável, se você quer saber. Na verdade, a angústia da castração faz bastante sentido. Se eu estivesse levando meus órgãos reprodutores do lado de fora, também ficaria terrivelmente nervosa com o delicado pacotinho. Assim como o umbigo humano, o modelo do sexo embrionário tem reentrâncias e protuberâncias, o que significava que uma reentrância podia surpreender e virar uma protuberância, sobretudo se você se comportasse como alguém que já tivesse uma protuberância. Aquele pedaço oculto e dobrado podia fazer uma súbita aparição. Montaigne, altíssimo ápice literário do século XVI, subscrevia a tese da reentrância protuberante: "Machos e fêmeas são feitos do mesmo molde, e, com exceção da educação e dos costumes, a diferença não é tão grande". Ele repete uma conhecida história sobre Marie-Germain, que era uma singela Marie até a idade de vinte e dois anos segundo a versão de Montaigne (até os quinze em outra versão); um belo dia, devido a um exercício exagerado (saltando uma fossa ao correr atrás de porcos), o bastão masculino ressaltou de dentro dela, e nasceu Germain. Inacreditável, você dirá. Impossível, você também dirá. Mas existe uma família em Porto Rico e outra no Texas com uma doença genética segundo a qual, para todos os efeitos, o xy é exatamente igual ao xx. Em outras palavras, o fenótipo disfarça o genótipo, isto é, até a puberdade, quando as meninas se tornam garotinhos que crescem e viram homens. Carla vira Carlos! A filhinha querida vira o filho amado sem a intervenção de nenhuma cirurgia. O certo é que, *in utero*, a história da diferenciação sexual é frágil. As coisas podem se misturar e de fato se confundem.

Mia, você diz, vá direto ao ponto. Relaxe, respire fundo, e farei meu volteio retórico o mais breve possível. Trata-se de uma questão de igualdade e diferença, daquilo que Sócrates, na *República*, chama de "uma controvérsia de palavras". Ele conta a seu interlocutor, Glauco, que se encontram em uma "disputa erística", visto que não se deram ao trabalho de investigar "qual era o sentido de 'natureza diferente' e qual era o sentido de 'mesma natureza' e o que pretendíamos com nossa definição quando distribuímos para a natureza distinta práticas distintas e à mesma natureza as mesmas práticas". O Grande Pai da Filosofia Ocidental está tentando abordar o problema homem/mulher em sua utopia e acaba chegando (contrariado, creio, mas é ao que chega mesmo assim) a isto: "Mas se a única diferença é que a mulher dá à luz e o homem gera, não devemos considerar tal diferença relevante para nossa questão". A questão, no caso: se as mulheres deveriam receber a mesma educação que os homens e então poderem legislar ao lado deles na República.

Praticamente igual, porém com partes diferentes, em especial naquelas partes que geram e parem? Ou diferente em *espécie*?

Thomas Laqueur, Deus o abençoe, escreveu um livro inteiro sobre isso. Uma vez derrubada a teoria da reentrância/protuberância, em algum momento do século XVIII, as mulheres deixaram de ser homens invertidos; nós passamos a ser inteiramente OUTRAS: nossos ossos, nervos, músculos, órgãos, tecidos, tudo diferente, outra maquinaria como um todo, e essa alienígena biológica era sempre delicada. "Embora seja verdade que a mente é comum a todos os seres humanos", escreveu Paul-Victor Sèze, em 1786, "o emprego ativo decorrente não se aplica a todos. Para as mulheres, na verdade, tal atividade pode ser bastante penosa. Devido a sua fragilidade natural, uma atividade cerebral mais intensa na mulher provocaria a exaustão de todos os demais órgãos e, portanto, prejudicaria seu funcionamento adequado. Sobretudo, no entanto, seriam os órgãos reprodutores que sofreriam mais com a fadiga e correriam mais riscos com o esforço excessivo do cérebro feminino." A teoria do pensamento estraga ovários teve uma longa e saudável existência. O dr. George Beard, autor de *Nervosidade americana*, argumentou que, diferentemente da "índia na palhoça", que se concentrava nas partes baixas e cuspia um filho atrás do outro, a mulher moderna estava se deformando com o pensamento; para prová-lo, fez alusão ao trabalho de um distinto colega que medira o útero de mulheres altamente instruídas e descobriu que tinha apenas metade do tamanho do útero de mulheres sem nenhuma instrução. Em 1873, o dr. Edward Clark, seguindo o nobre Beard, publicou um livro com o amistoso título *Sexo na educação: uma oportunidade justa para meninas*, no qual argumentava que as meninas menstruadas deviam ser banidas das salas de aula e citava dados concretos de estudos clínicos sobre mulheres intelectuais feitos em HARVARD que haviam determinado que um excesso de conhecimento havia tornado aquelas pobres criaturas estéreis, anêmicas, histéricas e até mesmo loucas. Talvez tenha sido esse o meu problema. Eu leio demais, e o meu cérebro explodiu. Em 1906, o anatomista Robert Bennett Bean alegou que o corpo caloso — as fibras nervosas que juntam as duas metades do cérebro — era maior nos homens do que nas mulheres e elaborou a hipótese de que "um tamanho excepcional do corpo caloso poderia significar uma atividade intelectual excepcional". Grandes ideias = Grande corpo caloso.

Mas hoje em dia, você vai comentar, ninguém diria uma bobagem dessas. A ciência mudou. Baseia-se em fatos. Entretanto, colegas do meu ex-marido trabalham duro para medir o volume cerebral e sua espessura, avaliando o fluxo de sangue com oxigênio, injetando hormônios em ratos, camundongos e macacos, e chegam ao nível dos genes para tentar provar, para além de qualquer dúvida, que a diferença entre os sexos é profunda, predeterminada pela evolução, e mais ou menos fixa. Todos temos cérebros masculinos ou femininos, diferentes não apenas nas funções reprodutivas, como em inúmeros outros aspectos essenciais. Embora seja verdade que a mente é comum a todos os seres humanos, cada sexo tem seu próprio TIPO DE MENTE. O dr. Renato Sabbatini, por exemplo, distinto neuropsicólogo, que fez seu pós-doutorado no MAX PLANCK INSTITUTE, enumera uma longa lista de diferenças entre nós e eles e então declara: "Essa pode ser a explicação, dizem os cientistas, para o fato de existirem mais homens matemáticos, pilotos de avião, guias, engenheiros, arquitetos e pilotos de corrida, do que mulheres nessas ocupações". Estudem o quanto quiserem, garotas, vocês jamais resolverão uma equação de Riccati. Por quê? Voltamos à ideia da índia na palhoça, sem a índia (não se pode mais demonizar ou idealizar a palhoça; seria preciso retroceder até os povos que já não podem se ofender): "Os homens das cavernas caçavam. As mulheres das cavernas coletavam alimento perto de casa e cuidavam das crianças". Mas não se preocupe, nosso estimado professor nos garante (citando uma AUTORIDADE ainda mais paternal, o grande "Pai da sociobiologia" de HARVARD, Edward O. Wilson) que você pode não chegar a evoluir a ponto de ser guia de trilhas, contudo "as fêmeas humanas tendem a ser mais desenvolvidas do que os homens em termos de empatia, habilidades verbais, sociais e na busca por segurança, entre outras coisas, enquanto os homens tendem a ser melhores em independência, dominância, habilidades espaciais e matemáticas, agressividade associada à posição social, entre outras características". Nossas "habilidades verbais" mais desenvolvidas, segundo a lógica do nosso professor, explicam por que as mulheres dominaram as artes literárias durante tanto tempo, sem nenhum homem à vista. Tenho certeza de que você também reparou que, no tocante aos titãs da literatura contemporânea, tanto na academia como no campo popular, o número de mulheres entre eles é, simplesmente, espantoso.

É com alegria que devo dizer que o meu (ou que costumava ser meu) Boris não concordaria com o dr. Sabbatini. Completamente imerso entre ratos, e sempre atento à evolução e aos genes como ele também é, Boris sabe que os genes se expressam através do ambiente, que o cérebro tem plasticidade e dinamismo; desenvolve-se e transforma-se ao longo do tempo *conforme o entorno*. Ele também sabe que, apesar de tudo o que temos em comum, as pessoas não são ratos e que as funções superiores nos seres humanos podem ser decisivas para determinar aquilo que nos tornamos, e ele sabe que a boa ciência de hoje pode vir a ser a ciência ruim de amanhã, como se provou na sensacional descoberta, em 1982, de que o corpo caloso (CC), o tal conector fibroso dos hemisférios do dr. Bean, especialmente a parte denominada esplênio, é na verdade MAIOR nas mulheres do que nos homens. Esse estudo, logo difundido para as massas pela revista *Newsweek*, alegava que as mulheres não eram intelectualmente superiores (ideia jamais aventada nos anais da história humana); em vez disso, nós que tínhamos um CC grande possuíamos mais comunicação entre os hemisférios cerebrais, o que a *Newsweek* convenientemente traduziu como "intuição feminina". Mas então um estudo de homens e mulheres coreanos descobriu que o tal empecilho era maior nos homens. Os coreanos devem ser especiais. Depois, outro estudo não encontrou nenhuma diferença. Pesquisas adicionais se seguiram: um pouco maior, um pouco menor, praticamente iguais, sem diferença. Em 1997, Bishop e Walsten, autores de um artigo que reunia quarenta e nove estudos sobre o corpo caloso, concluíram: "A crença difundida de que as mulheres possuem o esplênio maior que o dos homens e em consequência pensam diferente é insustentável". Ops. Mas o mito ainda circula. Um simplório, ansiosamente vomitando sua própria variedade de pseudociência, apelidou o CC de "membrana afetuosa do cérebro".

Não se trata da inexistência de diferenças entre homens e mulheres; mas da diferença que tais diferenças representam, e de como escolhemos classificá-las. Cada época teve a sua ciência da diferença e da igualdade, sua biologia, sua ideologia, e sua biologia ideológica, que nos devolve, enfim, às nossas meninas más, suas travessuras e aos instrumentos das trevas.

Dispomos de diversos instrumentos contemporâneos das trevas à nossa escolha, todos redutores e fáceis. Devemos explicá-los por meio da diferença toda especial, ainda que ambígua, do cérebro feminino ou dos genes desenvolvidos desde "as mulheres das cavernas que coletavam alimento perto de casa" havia milhares de anos, ou ainda do perigoso surto hormonal da puberdade, ou do nefando aprendizado social que canaliza os impulsos agressivos, nervosos das meninas reprimidas? Com certeza Ashley, ao contrário da análise do bom doutor, está profundamente interessada em "dominância social" e em "agressividade associada à posição social", apesar de seu status xx, assim como minha velha amiga Julia estava, quando estávamos na sexta série, numa era anterior, e eu abri um bilhete que deixaram na minha mesa e li as palavras, formadas por letras recortadas de revista: "Todo mundo te odeia porque você é uma grande fraude". E lembro de me perguntar: eu sou uma fraude? Não peguei livros de letrinhas miúdas na biblioteca que eram difíceis demais para mim? Isso era prova de que elas estavam certas? O bilhete revolveu a podridão dentro de mim — a culpa e a fraqueza e uma preocupação de que, por mais que desejasse ser admirada e amada, eu não merecia — e eu, débil e chorona, deixei que elas me corrompessem. Fraude! Eu não era exatamente uma fraude. Salve o artifício, a máscara de *clown*, o rosto de Drácula para ocultar a delicadeza. Vista a armadura e escolha sua lança. Viva um pouquinho de falsidade, se ela te proteger contra as víboras.

Truísmos muitas vezes são falsos, mas que a crueldade é um fato da vida humana não é um deles. Devemos chegar mais perto, perto o bastante para sentir o cheiro do sangue dos cortes e o frisson de segredo e perigo teatral que as meninas sentem em seu Círculo das Bruxas. Devemos chegar perto a ponto de sentir o prazer que elas sentiram ao magoar Alice e tão perto de Alice que possamos ver como, em sua vulnerabilidade e sua necessidade de ser tão, tão boazinha, ela acabou por extrair os próprios caninos, da mesma forma que eu me tornara inofensiva na minha época.

Mas, eu disse a mim mesma, você já não tem doze anos. As suas presas podem não ser as mais afiadas, porém elas voltaram a crescer e agora você pode agir. Fiz alguns telefonemas e expliquei às sete mães que gostaria de tirar uma semana de folga, contudo, durante aquela semana, cada uma das meninas deveria escrever sua versão do que havia acontecido, em poesia ou em prosa. Duas páginas no mínimo. O resto do curso seria dedicado a trabalhar com esse material, de um modo ou de outro. Fui incisiva. Embora tivesse ouvido alguns murmúrios de preocupação com a ideia de "reprisar tudo aquilo outra vez", nenhuma delas se opôs por fim, nem mesmo a sra. Lorquat, que parecia de fato abalada com toda aquela confusão pagã.

Querida mamãe,

O papai mudou para um hotel. Não tenho certeza do que está acontecendo exatamente, mas vamos jantar na quinta, e ele jurou que vai conversar comigo, vai ser totalmente sincero. Falei que ele devia mesmo escrever para você, e ele disse que ia escrever, mas devo dizer que ele me pareceu terrivelmente triste no telefone, bem devagar. Ele está longe de ser um livro aberto, mamãe, mas vou manter você informada. Daqui uma semana e meia estarei em Bonden, minha mamãezinha querida, e vou entrar pela porta e pular no seu pescoço e te abraçar!

Amor, da sua menina Daisy

A. Boris largou a Pausa.

B. A Pausa largou Boris.

C. O caso ainda continua, mas a dupla achou que os aposentos eram pequenos demais, daí o hotel.

D. Os dois se separaram por espontânea vontade de ambos.

E. Nenhuma das alternativas anteriores.

A seria melhor que B, B que C. D seria preferível a B. E seria o mesmo que um valor desconhecido, um X. Muito alvoroço e queimação interior em torno de A, B, C, D e X. Um considerável rebuliço de fantasias satisfatórias envolvendo o esposo pródigo prostrado ou ajoelhado em estado de agudo remorso. Ou fantasias menos satisfatórias do esposo com o coração partido pela francesa. Alguma atividade introspectiva do estado conflituoso do próprio coração exausto e abatido. Sem lágrimas.

E então, na quarta-feira à noite, por volta das nove e meia, enquanto eu lia Thomas Traherne bem baixinho para mim mesma deitada no sofá, meu rosto coberto de uma máscara esverdeada de lama, um preparado que eu havia comprado porque o fabricante prometia suavizar e purificar um rosto velho como o meu (isso não estava dito assim explicitamente, mas o eufemismo "belas linhas" no rótulo deixava clara a intenção), ouvi a voz do vizinho, o volátil Pete, uivando duas conhecidas palavras enfáticas, um adjetivo para o ato sexual e um substantivo para a genitália feminina, várias vezes, e a cada ataque verbal meu corpo se retesava como se sofresse um golpe; fui até a porta de vidro que dava para o quintal e fiquei olhando para a casa baixa e modesta do vizinho, embora na janela não se visse ninguém. Ainda não estava completamente escuro, e o azul profundo do céu estava rajado de linhas escuras de nuvens cinzentas. Abri as portas de vidro e saí para o gramado, sob o ar quente do verão, e escutei Simon chorando, e uma batida na porta da frente. Vi um vulto correndo (Pete), ouvi a porta do carro bater, a ignição, o motor ligado, o cantar de pneus do Toyota Corolla sumindo na rua vazia, virando bruscamente à esquerda, provavelmente na direção do centro da cidade. Então, aparecendo à janela, vi Lola entrar na sala com Simon, a cabeça inclinada sobre ele, embalando o filho nos braços enquanto Flora os seguia como uma sonâmbula. Não pareciam feridos.

Fiquei imóvel por alguns minutos. Ali descalça na grama quente, senti-me imensuravelmente triste. Ao mesmo tempo, triste por todos nós, seres humanos, como se de repente tivesse sido transportada pelo céu e, como uma narradora onisciente de um romance do século XIX, estivesse vendo lá embaixo o espetáculo defeituoso da humanidade e desejasse que as coisas pudessem ser diferentes, não de todo diferentes, mas diferentes o bastante para ocasionalmente poupar alguns de nós de alguma dor. Era um desejo modesto, sem dúvida, não uma fantasia utópica, e sim o desejo de uma narradora sã que balança a cabeça ruiva mesclada de cãs e lamenta profundamente, lamenta pois é o certo lamentar as infinitas repetições da crueldade e da violência e a mesquinhez e a mágoa. E então senti esse pesar até que a porta se abriu, e meus três vizinhos saíram da casa e atravessaram o gramado, e levei-os para dentro.

Eram quatro, na verdade, pois Flora havia trazido o Moki. Enquanto ela vinha na minha direção pela grama só com sua calcinha da Cinderela, falava muito séria com ele, dizendo que estava tudo bem, que ele não precisava se preocupar, nem chorar, que daria tudo certo. A menina fazia carinho no ar e beijou-o uma vez quando entramos, correu para o sofá, encolheu-se em posição fetal e fechou bem os olhos. Reparei que estava sem a peruca. Sentei ao lado da Flora, indiquei uma poltrona a Lola, e fiquei olhando para ela se abaixar como se fosse uma senhora com dor nas juntas, seu rosto estranhamente inexpressivo. Não parecia que tivesse chorado — o rosto estava seco e no branco dos olhos não havia sinal de vermelho —, mas seu peito arquejou quando respirou fundo, como alguém que tivesse corrido. Pus suavemente a mão nas costas de Flora. Ela abriu o olho visível, me reconheceu e disse: "Você está verde".

Levei rapidamente a mão ao rosto quando me lembrei do produto de beleza, corri para tirar, voltei à sala e reparei que mais do qualquer coisa Lola parecia exausta. Vestia um roupão fino de alguma lã sintética, estampado, que abria no pescoço e expunha um bocado do seio direito. O cabelo loiro pendia desgrenhado sobre os olhos, entretanto ela não fez nenhum esforço para se cobrir ou ajeitar o cabelo. Estava fraca, entregue. Simon choramingou ao empurrar o topo da cabeça contra o braço da mãe, mas nem assim ela se mexeu. Tirei dela o bebê e comecei a caminhar, balançando-o para trás e para a frente pela sala. Sem se virar para olhar para mim, ela disse com uma voz dura e determinada: "Hoje eu não volto mais lá. Não quero estar em casa quando ele voltar. Hoje à noite, não". Ofereci minha cama, ao que ela retrucou: "A gente pode dormir aqui, nós quatro. É king size, não é?".

Dormimos juntas, nós quatro ou cinco, dependendo de como você contar. Depois de servir a Lola algumas doses de uísque do bar dos Burda, embalei Simon até que pegasse no sono e o deitei na cama, uma bola fofa de bebê de pijama azul com pezinho, que respirava alto, com os labiozinhos franzindo e desfranzindo automaticamente. Busquei o cobertor pequeno que eu havia guardado e o cobri para protegê-lo do ar condicionado; em seguida carreguei Flora, já apagada, que roncou na hora em que puxei a coberta, mas rapidamente rolou para o lado e caiu no sono profundo. Quando voltei, Lola e eu ficamos mais um pouco ali. Ela não queria falar sobre Pete. Perguntei da briga, mas ela disse que as brigas deles eram sempre idiotas, sempre sobre nada, nada importante, que ela estava cansada, cansada do Pete, cansada de si mesma, e às vezes até mesmo das crianças. Não insisti. Sabia que por ora eu era um respiro, o ar livre onde colocar palavras, não uma verdadeira interlocutora. E então, sem nenhuma transição, ela começou a me contar que ficou os três primeiros anos na escola sem dizer uma palavra. "Eu falava só em casa, com meus pais, meus irmãos, mas na escola eu não abria a boca, com ninguém. Não lembro muito da pré-escola, mas lembro alguma coisa do jardim da infância. Lembro da sra.

Frodermeyer inclinada sobre mim. Ela tinha um rosto grande e ficava bem perto. Ela perguntou por que eu não respondia. Que era falta de educação. Eu sabia. Eu quis dizer que ela não entendia. Que eu simplesmente não podia." Lola olhou para as próprias mãos. "Minha mãe conta que no primeiro ano um dia eu comecei a sussurrar na escola. Ela ficou toda contente. A filha tinha sussurrado. E depois, aos poucos, acho que fui falando mais alto."

Quando Lola já estava aninhada com as crianças, sentei na beirada da cama e fiquei uns vinte minutos fazendo carinho em sua cabeça. Ela era apenas dois anos mais velha que Daisy, disse para mim mesma. Pensei nela, Lola, a menina silenciosa que não conseguia falar na escola. A angústia de falar em um lugar que não era sua casa, que era fora, que era estranho. Isso tinha um nome, como muitas coisas têm, mutismo seletivo, e não é tão raro em crianças pequenas. Pensei então numa paciente que estivera internada comigo, uma moça, não conseguia lembrar o nome dela. Ela também não falava, nenhuma palavra. Magra e pálida e loira, parecia um espectro tuberculoso do romantismo. Perambulava toda rígida pelo corredor, curvada, o cabelo claro e comprido sobre o rosto como um véu, carregando um jarro plástico que ela levantava perto da boca para poder cuspir dentro, ora em silêncio, ora ruidosamente expelindo o catarro de seus pulmões, o que fazia os outros pacientes conter o riso. Uma vez vi que ela se enfiou atrás de um sofá da área de convivência, agachada, escondida, e então, pouco depois, ouvi o rugido áspero do vômito no jarro. Tudo para fora. Mantendo fora o que lhe era estranho. Vedada, tensa como um tambor. Feche meus olhos. Minha boca. Tranque as portas. Baixe as cortinas. Pobrezinha, por onde andaria?

Consegui me encaixar do lado da Flora e acabei caindo no sono, apesar da terra dos sonhos infantis em concerto dos convidados: o assobio congestionado do pequeno Simon, os sons mastigatórios de Flora sugando e mascando o indicador, e os murmúrios incansáveis e a única palavra emitida por Lola. Várias vezes, baixinho, em voz aguda: "Não". Embora eu tivesse ficado na cama com elas, minha mente divagou como de costume pensando em Boris, Sidney e a Pausa e o hiato sexual. Pensei em escrever sobre os inúmeros sonhos em que acordava no mais furioso orgasmo ou sobre F. G., que eu apelidara de Ruminante, porque gostava de mordiscar e depois mascar, e se mexia sobre o meu corpo como se eu fosse um delicioso pasto verde. Depois me deixei levar vários minutos por uma extrema irritação com uma fantasia biogenética de que era possível calcular precisamente a porcentagem de influência genética nos seres humanos e comecei a escrever na minha cabeça uma crítica demolidora, mas a última coisa de que me lembro, que amenizou bastante meu humor, foi VOLTAR A TRAHERNE e seu poema "Sombras na água", que eu lera sozinha diversas vezes horas antes. O estopim, creio, foi ter ficado à toa pensando em Moki, que talvez estivesse ali invisível entre nós, um menino selvagem, forte, de cabelos compridos, que só voava devagar, mas que precisava ser consolado depois do ataque do pai, precisava de carinhos e beijinhos de sua minúscula, gorducha e recém-desperucada criadora.

Vós, à beira do abismo,
Quem tão perto de mim pela fenda
Maravilhado vejo: de quem são
Esses rostos, esses pés e corpos que vestis?
Em vós, quem me acompanha,
Vejo, outro de mim.
Parecem outros, mas somos nós;
Outros de nós são essas sombras.

Acordo com Pete, não em carne e osso, e sim com sua voz no telefone. Não era uma voz irritada, mas tranquila, educada embora forçada, chamando pela "minha esposa". Não vi as visitas — a cama estava vazia —, contudo ouvi barulho na cozinha. Flora cantarolava qualquer bobagem; ouvi som de louça na pia e o baque surdo de algum objeto se chocando com outro, ao que se seguiu um inconfundível aroma de torrada.

Lola atendeu no quarto enquanto eu segurava Simon e supervisionava a segunda rodada do desjejum de Flora, torrada com geleia, que ela erguia no ar entre mordidas, indo e vindo sobre o ladrilho preto e branco do piso da cozinha, sem parar de cantarolar. O bebê vomitou leite na parte de cima do meu pijama. O perfume discreto do leite regurgitado, a mancha que atravessava o tecido e molhava minha pele, o corpinho estremecendo, esperneando, apertado contra o meu peito, lembraram-me os velhos tempos com a minha própria filha, minha menina Daisy, minha terrível, agitada Daisy, bebê. Eu me arrastava no chão com ela por horas nos primeiros meses de vida, sussurrando palavras suaves na minúscula voluta de sua orelhinha, repetindo seu nome tão musical, até sentir o peito e os membros tensos relaxarem junto a mim. Eu só tivera uma filha, e não foi fácil. E Lola tivera ainda o segundo. Mamãe também tivera duas. Quando Lola enfim saiu do quarto, parou na porta e me deu um sorriso enigmático. Pensei que talvez Pete Palavrão tivesse pedido perdão e provocado aquele sorriso ou que talvez eu estivesse ridícula segurando Simon aos berros. Antes de juntar suas duas cargas, uma em cada braço, e voltar à sua casa pelo gramado, aos trancos, para seu demente, arrependido e sóbrio marido, a lacônica Lola disse: "Isso não muda nunca. Você achou que eu tinha aprendido, não foi? Mas ele se tocou agora, quando eu não estava em casa, ele ficou apavorado. Obrigada, Mia".

A boa e velha Mama Mia, sozinha em sua cama king size com todo esse espaço livre, uma vastidão de lençóis brancos que ela preenche com discurso interno e memórias, um carrossel de palavras, pensamentos e dores e lamentos. Mia, Mãe de Daisy. Mia, Mãe da Perda. Outrora, Esposa de Boris. Mas ó pesada mudança, agora que partiste. Ó Milton na cabeça. Ó musa. Ó Mia, tonta rapsódica, vadia orgulhosa, não te consumas em desejos! Empurre os problemas, passe um pano nas manchas, jogue longe os sapatos, e cantarole alguma bobagem para o seu próprio bem enquanto navega sem rei na grande escuna rangente da cama, nada de rainhas espalhafatosas para você, Barda da Expressão Sorridente, mas um rei.

Quinta-feira à tarde, Boris escreveu o seguinte. Com *Explication de texte* minha:

Mia,
Terminou tudo com [nome próprio do objeto de amor francês]. Estou hospedado no Roosevelt. Nessas duas últimas semanas pensei sobre a minha vida mais do que nunca. Tem sido um período negro para mim. Cheguei a ligar para o Bob [psiquiatra amigo que trabalha com pesquisa no Rockefeller. O "cheguei" é um exemplo dos subentendidos radicais de que B. I. é capaz. Ele sempre resistiu obstinada e veementemente a todo e qualquer tipo de intervenção psicoterapêutica. Ligar para o Bob indicava desespero]. Ficou óbvio para mim que agi precipitadamente para evitar aspectos de mim mesmo, partes do meu passado, e você sofreu com isso. [Leia-se: mãe, pai, Stefan, e lembre-se, Boris é cientista. Sua prosa ainda vai pisar mais fundo. Acho que são ossos do ofício.] Quando [nome próprio da jovem bruxa francófona] e eu estávamos juntos, eu me percebia falando

muito de você para ela. Isso, como você pode imaginar, não pegou muito bem. Ela também se irritava com meus modos em casa ou a falta deles. [Leia-se: tocos de charuto empilhados nos cinzeiros, pilhas de publicações lidas, *Nature*, *Science*, *Brain*, *Genomics* e *Genetics Weekly* espalhadas por toda a superfície do apartamento, roupas no chão. Leia-se ainda: Apesar de três pós-doutorados, ele alega não dominar a tecnologia das máquinas de lavar louça, roupa e da secadora.] Comecei a vê-la como alguém que eu havia idealizado de longe, e desconfio que ela também fez o mesmo comigo. [O irreal já não obstrui o real.] Trabalhar junto e morar junto são coisas diferentes. [Pode apostar, Boris.] Queria muito ver você, Mia, conversar com você. Senti sua falta. Hoje à noite vou jantar com a Daisy.

Boris

Concluí que a realidade deveria coincidir com A ou B ou D. Tanto C como X pareciam ter sido descartadas.

Se essa breve epístola lhe pareceu inadequadamente emotiva à luz do ocorrido, não poderei discordar, mas também você não morou com o sujeito por trinta anos. Boris é minuciosamente sincero. Eu sabia que cada palavra que ele escrevera era pensada e franca, no entanto também sabia que o sujeito tinha uma tendência a agir com rigidez. Em algumas pessoas, isso é sinal de genuína ausência de sentimentos subjacentes, só que esse não era o caso do Boris. A carta se resume em três frases: "Tem sido um período negro para mim", "Cheguei a ligar para o Bob" e "Senti sua falta".

Boris, respondi. Também senti sua falta. Sua carta é ambígua, no entanto, quanto a quem deixou quem. Você há de entender por que do meu ponto de vista isso faz toda diferença. Se a Pausa te chutou para a rua, e isso levou a uma reconsideração do nosso casamento, é muito diferente de uma alternativa em que você decidiu largá-la, depois de repensar a sua relação com ela por causa da sua relação anterior comigo. Ambas distintas ainda de uma decisão mútua de se separar. Mia

(Se ele não escreveu "Amor", tenha a certeza de que eu também não usaria substantivo tão diabolicamente trapaceiro.)

A excitação chega de estalo. A agitação de um dos lados geralmente reflete um alvoroço similar do outro lado. Não existe rima ou razão nesse caso. Ser correspondido não vem ao caso. Trata-se simplesmente da "música do acaso", como formulou um conhecido romancista americano. Longos períodos preguiçosos, sem grandes acontecimentos, são seguidos por súbitos surtos de ação, e assim, naquela manhã, depois que Pete fugira da mulher e das crianças cantando pneu, outra partida igualmente dramática vinha ocorrendo em Rolling Meadows, o que descobri ao fazer minha visita diária à minha mãe. Regina tinha ido ao salão de beleza para dar um jeito "profissional" no cabelo, fizera duas malas, chamara as três Cisnes para anunciar que não suportava mais viver encarcerada naquele asilo nem mais um minuto, e então, batendo a porta do apartamento, marchou às pressas pelo corredor (ou: o mais depressa possível para alguém com pernas delicadas como as de Regina). Minha mãe e Peg (Abigail estava indisposta) acompanharam a fugitiva até a porta da frente, onde as duas se perguntaram o que em nome de Deus ela tinha na cabeça. As três filhas haviam sugerido que ela ficasse. Ela havia terminado com Nigel, não?, depois da história do relógio de ouro e da garçonete peituda? Em questão de segundos, elas concluíram que Regina não devia saber aonde estava indo. A fuga era puramente uma fuga, fuga sem destino. Além do mais, ela falara qualquer coisa sobre o dr. Westerberg, que ela dizia tê-la ameaçado, e que, se "não sumisse dali", estava convencida de que ele "daria um sumiço" nela. Quinze minutos depois, minha mãe e Peg convenceram Regina a voltar para o apartamento. Uma cena de choro se seguiu, mas enfim ela pareceu se resignar à própria sina e prometeu às amigas que ficaria boazinha.

Capítulo 2: Duas horas antes de eu chegar, minha mãe tinha batido na porta de Regina para ver como ela estava. Regina se recusara a deixá-la entrar. Não só isso, já tinha arrastado os móveis para junto da porta em barricada contra o inimigo, particularmente Westerberg. Enquanto minha mãe me contava isso, balançava a cabeça tristemente. Não tive como não me solidarizar. Quando a paranoia chega, pouco adianta dizer ao paranoico que seu medo não tem fundamento. Eu sabia disso. Meu cérebro também havia pifado. E então, depois de arrazoar com a amiga insensata, minha mãe fora à enfermaria comunicar os desdobramentos do caso do 2706, e a equipe médica foi chamada, inclusive o demoníaco Westerberg; a porta foi aberta, os móveis tirados da porta, e a própria Regina acabou sendo levada para um hospital em Minneapolis para "mais exames".

Quando terminou sua história, ela me fitava com um olhar perdido. Estava triste. A tristeza nos perseguia, parecia. Eu estava sentada ao lado dela e peguei sua mão, mas não falei nada.

"Acho que ela não vai mais voltar", disse minha mãe. "Pelo menos, pra cá, ela não deve voltar mais."

Apertei os dedos finos da minha mãe e ela apertou os meus de volta. Pela janela vi um pintassilgo pousando no galho lá no pátio.

"Ela estava pirada", disse minha mãe. Reparei que ela usou o imperfeito.

Outro pintassilgo. Um casal.

Minha mãe começou a falar sobre Harry. Todas as perdas levavam de volta a Harry. Ela costumava falar dele, mas dessa vez ela disse: "Eu me pergunto o que teria acontecido comigo se Harry não tivesse morrido. Imagino como eu teria sido diferente". Ela contou o que eu já sabia, que, depois que o irmão morreu, decidira ser perfeita para os pais, nunca lhes dar nenhuma tristeza, nunca mais, que ela tinha tentado muito, porém não tinha dado certo. E então disse algo que nunca tinha comentado antes, com uma voz que quase não se ouvia: "Às vezes me pergunto se eles não queriam que tivesse sido eu".

"Mamãe", eu disse bruscamente.

Ela não prestou atenção e continuou falando. Ainda sonhava com Harry, disse, e nem sempre eram bons sonhos. Ela encontrava o corpo dele caído no apartamento atrás de uma estante de livros ou de uma poltrona, e não conseguia entender por que ele não estava enterrado em Boston. Uma vez o pai aparecera no sonho e exigia que ela contasse o que tinha feito com Harry. Quando Bea e eu éramos meninas, ela disse, houve alguns períodos em que ela ficou aterrorizada de que alguma coisa fosse nos tirar dela, uma doença, um acidente. "Eu queria proteger vocês duas de qualquer coisa que pudesse feri-las. Eu ainda quero, mas não adianta nada, não é verdade?"

"Não", falei. "Não adianta mesmo."

A melancolia de minha mãe, contudo, não durou muito. Contei que Boris entrara em contato, o que a deixou animada e preocupada. Ponderamos diversos possíveis desfechos e discutimos o que eu queria afinal do meu marido, e descobri que eu não sabia exatamente, e mudamos de assunto para a vida de atriz de Daisy e como tudo aquilo era mambembe, mas que a menina era muito boa, afinal, e então Bea ligou enquanto eu ainda estava lá, e ouvi minha mãe dar risada de alguma tirada da minha irmã, e durante o jantar ela voltou a rir, gargalhar, com algo que eu disse. Ela me deu um abraço apertado quando nos despedimos, e senti que a tristeza de antes tinha passado, não para sempre, é claro, mas por aquela noite. Harry, com doze anos, sempre estaria ali, o fantasma da infância da mamãe, a figura em branco das esperanças dos pais e de sua culpa por ter vivido. Imagino minha mãe aos seis anos, como a vi numa fotografia. Ela é ruiva. Embora seja impossível ver a cor em preto e branco, acrescento o ruivo na minha imaginação. A pequena Laurie ao lado de Harry, uma cabeça mais alto que ela. Os dois em traje de gala branco da Marinha. Não sorriem, mas é o rosto de minha mãe que me interessa aqui. Por acaso, ela é a que está olhando adiante, para o futuro.

Abaixo segue, sem comentários, um diálogo epistolar, tornado possível graças à célere tecnologia do século XXI, ocorrido no dia seguinte entre B.I. e M.F. segundo os cenários A, B, ou D, e assim por diante.

B.I.: Mia, o que aconteceu tem mesmo alguma importância? Não basta que esteja tudo acabado com ela e eu queira ver você?

M.F.: Se fosse o contrário, e eu fosse você, e você fosse eu, você não daria a menor importância? A questão é o meu coração, meu velho amigo. Coração machucado pela rejeição *à la française*, infeliz e surpreendentemente indefeso ao se ver só, Marido decide que é melhor começar logo com os procedimentos para a reconciliação com a Velha Fiel; ou, Dando-se conta de seus erros, Esposo conhece a Loucura (rá, rá, rá) e tem uma revelação: a Velha Esposa Acabada parecia mais atraente vista do novo endereço.

B.I.: Não podemos dispensar a ironia amarga?

M.F.: Como diabos você acha que consegui suportar tudo isso sem ironia? Eu teria continuado louca.

B.I.: Ela quis terminar. Mas já havia terminado.

M.F.: Eu estava arrasada, e você foi ao hospital uma vez só.

B.I.: Não me deixavam entrar. Eu tentei, mas não me autorizaram.

M.F.: O que você quer de mim agora?

B.I.: Esperança.

Eu não poderia responder dando qualquer "esperança" na hora. Aconteceu o contrário do que eu esperava, e isso me atingiu como uma pedrada. Minha resposta ao grande B. só chegaria na manhã seguinte: "Conquiste-me".

E ele, extremamente romântico, escreveu de volta: "O.K.".

Fazia tempo que o sr. Ninguém não me escrevia e comecei a ficar preocupada. Havíamos trocado algumas ideias vagas sobre representar, ou seja, brincando com a ideia de jogo. Ele me lançou um Derrida rápido a princípio, o interminável papel do discurso, rodando infinitamente sem meta ou resolução, e tudo estava no texto, tecido e desfeito, então devolvi um Freud: "Recordar, repetir e elaborar", no qual o estimado doutor nos diz que a transferência, o lugar assombrado entre o analista e o paciente, é como um *Spielplatz*, um playground, terreno entre a doença e a vida real, onde um pode se tornar o outro, e então ele vociferou em resposta uma bela citação do altíssimo Montaigne: "Se alguém me disser que degrada as Musas usá-las apenas como brinquedo e passatempo, esse não faz ideia, como eu faço, do valor do prazer, do brinquedo e do passatempo. Eu chegaria quase a dizer que qualquer outro objetivo é ridículo". Retruquei com Winnicott e Vygotsky, este morto em 1934, porém minha mais recente paixão, e depois disso, meu fantasma fluente se calou.

Achei que se passara muito tempo: "Tudo bem? Estou pensando em você. Mia".

O clube do livro é um grande acontecimento. Eles têm brotado, como os fungos que brotam por toda parte, e é uma forma cultural praticamente dominada pelas mulheres. Na verdade, ler romances é considerado um interesse feminino hoje em dia. Muitas mulheres leem romances. A maioria dos homens, não. Se um homem abre um romance, gosta que tenha um nome de homem na capa; é de certa forma reconfortante. Nunca se sabe o que pode acontecer com aquela genitália externa se você mergulha nos feitos imaginários preparados por alguém com as partes para dentro. Mais do que isso: os homens gostam de se gabar por desprezar a ficção: "Eu não leio, mas a minha mulher lê". A imaginação literária contemporânea, ao que parece, exala um perfume tipicamente feminino. Lembremos Sabbatini: nós mulheres temos o dom da tagarelice. Mas verdade seja dita: temos sido entusiastas consumidoras de romances desde seu nascimento no final do século XVII e, na época, ler romances era algo que recendia a clandestinidade. A delicada mente feminina, como você há de se lembrar de bobagens passadas neste mesmíssimo livro, poderia facilmente se macular com a exposição à literatura, em especial o romance, com suas histórias de paixão e traição, com seus padres enlouquecidos e libertinos, seus peitos arfantes e senhores B., suas personagens devastadores e devastadoras. Como passatempo para moças, ler romances era considerado comprometedor por sua conotação sexual. A lógica disso: ler é uma atividade privada, que acontece entre quatro paredes. Uma mocinha podia se isolar com um livro, podia até mesmo levar para o quarto, e lá, deitada em lençóis sedosos, embebida das excitações e arrepios fabricados pela pena do escritor, uma das mãos, a desnecessária para segurar o pequeno volume, ficava livre. O medo, em suma, era da leitura de mão única.

No sábado, às cinco horas da tarde, o Clube do Livro de Rolling Meadows reuniu-se na biblioteca entre pequenos sanduíches e taças de vinho ainda menores para discutir a romancista Jane Austen, autora de *Persuasão*, irônica observadora, anatomista precisa do sentimento humano, estilista celestial, e uma autora que se livrou dos padres pervertidos, embora tenha conservado sua própria versão da honra recompensada. Amada e odiada, ela tem mantido seus críticos ocupados. "Nenhuma biblioteca pode ser considerada boa se não contiver um volume de Jane Austen", disse o favorito da América, Mark Twain. "Mesmo que não contenha nenhum outro livro." Carlyle chamou seus livros de "lixo deprimente". No entanto, ainda hoje ela é acusada de "limitada" e "claustrofóbica" e dispensada como uma escritora para mulheres. A vida na província não é digna de nota? Os afazeres femininos, isso não tem importância? Se for Flaubert, tudo bem, claro. Idiotas dignos de pena.

Você há de se lembrar que me pediram que abrisse os trabalhos. Com uma edição aqui, outra ali, domando a prosa, de incendiária para palatável, além de acrescentar uma lenga-lenga sobre a Grande Jane, oscilando entre duas eras literárias e inventando um novo caminho para o romance, o parágrafo anterior já lhe dá uma ideia do que eu falei, de modo que não é o caso de esboçá-lo aqui.

As DEBATEDORAS: As três Cisnes remanescentes, minha mãe, armada de um exemplar bastante anotado do livro em questão; Abigail, parecendo mais encurvada do que nunca e extremamente fraca, vestindo uma blusa toda bordada com dragões; e a branda e generosa Peg, mostrando sempre o lado bom, além de outras três senhoras que eu não conhecia: Betty Petersen, de queixo pontiagudo e olhar ainda mais, ajudava a renda da família como autora de textos de humor para uma empresa de cartões; Rosemary Snesrud, professora de inglês da oitava série, aposentada, e Dorothy Glad, viúva do pastor Glad, que outrora presidira a congregação da pequena Igreja Moraviana da Apple Street.

O CENÁRIO: dois sofás, estampados com uma agressiva folhagem em verde e roxo gritantes, dispostos frente a frente, duas poltronas estofadas, muito menos excitantes na aparência, também apontadas uma para a outra, tudo em torno de uma mesa de centro oval com uma perna instável, o que a fazia tombar de vez em quando, especialmente se incomodada. Três janelas na parede oposta com vistas para o pátio e o gazebo. Estantes de livros com vários volumes, a maioria deitados, combalidos, ou apoiados com ar desiludido numa divisória, mas de todo modo pouquíssimos para justificar o polissílabo "biblioteca". O silêncio do local só era perturbado pelos andadores no corredor contíguo e uma ou outra senhora que tossia.

A CONTROVÉRSIA: A jovem Anne Elliot devia ter se deixado persuadir pelo pai, fútil, tolo, pródigo, pela irmã Elizabeth, fútil e fria, e pela bem-intencionada, generosa, mas muito provavelmente mal informada amiga mais velha, Lady Russell, a romper com o capitão Wentworth, por quem estava loucamente apaixonada, só porque ele era um homem de futuro, mas não de fortuna? Como você deve ter reparado, em geral os membros de clubes do livro tratam as personagens de dentro dos livros exatamente como personagens da vida real. O fato de que aqueles são feitos de letras e estes de músculos, tendões e ossos tem pouca relevância. Talvez você fosse da opinião de que eu não iria concordar com isso, eu, que suportei os incessantes martírios da teoria literária, que enveredei pela linguística, testemunhei a morte do autor e de alguma forma sobrevivi ao *fin de l'homme*, que vivi uma vida hermenêutica, deparando com aporias, intrigada com a *différance* e preocupada com a oposição de *sein* e *Sein*, sem falar naquela minúscula "coisa" francesa com a maiúscula dele, maiúscula mesmo, e uma série de rusgas e rugas intelectuais que tive de desatar e desfazer ao longo da vida, porém você está enganado. Um livro é uma colaboração entre quem lê e o que é lido e, na melhor das hipóteses, essa união é uma história de amor como qualquer outra. Voltemos à controvérsia:

Peg vê o lado bom. Pois Anne acaba com Wentworth, no final, tudo bem.

Abigail discorda drasticamente: "Anos de desperdício! Quem tem tempo para desperdiçar anos a fio?". "Declaração inflexível seguida do tombamento da mesa de centro. O vidro escorregou. Foi salvo por Rosemary Snesrud. Não chegou a cair.

Silêncio incomodado de pensar em desperdício, meu próprio silêncio entre outros silêncios, um silêncio divagante sobre anos de desperdício, sobre o que ficou por fazer, por escrever.

Dorothy Glad exclama extraliterariamente uma possibilidade nada feliz: "Ele podia muito bem ter morrido no mar! Aí ela não teria encontrado o amor".

Sugiro que nos atenhamos ao texto em si, na forma como foi escrito, sem naufrágios.

Minha mãe faz uma balança imaginária com as mãos e compara o peso do dever familiar contra a paixão. Imagine a dor de perder a família. Isso também deve ser levado em conta. Não havia solução fácil para Anne. Órfã de mãe, para Anne, discordar de Lady Russell equivaleria a discordar da própria mãe.

Rosemary S. defende a *minha* mãe. Segundo a filosofia de Snesrud, as decisões da vida são mesmo "chatas".

Betty Petersen lembra o insosso primo William Elliot destinado a herdar o baronato da família: "Ela podia ter se juntado com aquele ardiloso, se a amiga, como era mesmo o nome dela, não tivesse feito a caveira dele. Lady Russell estava completamente equivocada".

Abigail, cada vez mais irritada, insistia que interferir no desejo dos outros é uma deformação. Ela só fazia pronunciamentos fortes acompanhados de débeis tapas na mesa: "Isso mutila a minha alma!". A mesa se inclinou em concordância, mas Peg estalou a língua. Falar em mutilação ameaça qualquer tipo de brilho.

Minha mãe olhou séria para Abigail, entendendo que não era a alma de Anna que fora mutilada. A deformada Abigail tremia. Noto como seus braços são esqueléticos sob a blusa de dragões bordados. Sofro com uma preocupação irracional de que a força de sua emoção vá abalar seus ossos frágeis a ponto de fraturá-los, e mudo de assunto para homens e mulheres e a questão da constância, com a qual eu estava diretamente envolvida. O que as debatedoras achavam do que Anne diz sobre mulheres e homens em sua conversa com o capitão Harville?

"Sim, seguramente nós não esquecemos com a mesma facilidade que vocês. Essa talvez seja nossa sina, mais do que nosso mérito. Vivemos em casa, na calma, confinadas, e nossos sentimentos exercem poder sobre nós. Vocês são obrigados a viver do esforço. Sempre têm uma profissão, objetivos, negócios de um tipo ou de outro, que os trazem de volta ao mundo imediatamente e as ocupações e mudanças constantes enfraquecem de fato as impressões."

Ali não havia nenhuma mulher, além de mim, com menos de setenta e cinco. As duas professoras de escola, três donas de casa, uma especialista em cartões festivos, todas tinham nascido na Terra das Oportunidades, mas essa oportunidade dependera pesadamente do caráter de suas partes pudendas. Lembro as palavras exatas da minha mãe: "Sempre achei que eu fosse continuar e pelo menos fazer o mestrado, mas sobrava tão pouco tempo e faltou dinheiro". Voltou-me uma súbita imagem de minha mãe na mesa da cozinha com sua gramática francesa, movendo os lábios ao repetir consigo em silêncio as conjugações dos verbos.

Harville estimula o aparecimento de ARMAMENTO PESADO para refutar Anne, ainda que de modo extremamente cortês:

... Acho que nunca em minha vida abri um livro que não dissesse algo sobre a inconstância da mulher. Canções e provérbios, todos falam da volubilidade feminina. Mas talvez venha você dizer que todos esses livros foram escritos por homens.

Talvez eu diga mesmo. — Sim, de fato, por favor, nada de referências a exemplos tirados de livros. Os homens tiveram todas as vantagens sobre nós ao contar sua própria história. A educação sempre foi muito mais deles do que nossa; a pena estava na mão deles. Não permitirei que você venha com livros para provar nada.

Claro, a pena que escreveu essas palavras estava na mão de Austen, e era uma letra elegante. Sua caligrafia tinha toda a clareza e a precisão de sua prosa. E a pena, a bem dizer, Caro Leitor, está agora na minha mão, e estou reivindicando essa prerrogativa, assumindo-a, pois você há de perceber que a palavra escrita contém o corpo de quem escreve. Para todos os efeitos, eu posso ser um HOMEM disfarçado. Improvável, você dirá, com toda essa conversa feminista aqui e ali e por toda parte, mas você tem mesmo certeza? Daisy tinha um professor feminista no Sarah Lawrence, definitivamente homem, casado, com filhos e um yorkshire, e defensor das mulheres, nobre paladino do segundo sexo. Mia podia muito bem ser Morton, para o seu governo. Eu, sua narradora pessoal, posso estar usando a máscara de um pseudônimo.

Mas voltemos à história: como era de esperar, as mulheres de Rolling Meadows estão do lado de Anne. Mesmo a nossa Peg do Bronzeado Permanente admite que houve momentos em casa com seus cinco "filhos maravilhosos" em que ela ansiou por um pouco de distração, quando *seus* sentimentos *a* dominaram, e então, numa surpreendente revelação, a otimista de plantão confessou que às vezes ela se sentia "cansada demais e deprimida", e que na experiência dela era muito mais comum o homem esquecer da mulher do que a mulher esquecer do homem. Não são os viúvos que casam meses depois que a "esposa falece"? (Evitei comentar que Boris nem sequer esperou que eu morresse.)

Betty veio com uma citação bem-humorada: "Sou mulher. Sou invencível. Estou um bagaço!".

Risos.

Rosemary observa uma exceção à regra da mulher que espera, anseia, sonha: Regina.

Risos contidos.

Minha mãe sai em defesa da colega Cisne: "Mas ela bem que se divertiu!".

Abigail concorda com a cabeça, olha amorosamente para minha mãe, e diz em voz alta e rouca: "Quem vai dizer que todas nós também não devíamos ter aproveitado mais?".

Quem? Eu, certamente, não. Nem minha mãe, nem Dorothy, nem Betty, nem Rosemary, nem mesmo Peg, embora esta última tenha comentado toda contente que elas estavam aproveitando, bem, não estavam afinal se divertindo naquele "exato momento"? E o sentimento do *carpe diem*, na verdade, iluminou o ambiente, senão no sentido literal, ao menos no figurado.

Depois disso, todas assentiram satisfeitas, bebericaram em silêncio, e alguém comentou tangencialmente sobre o filme que passariam na sala de cinema às sete, *Aconteceu naquela noite,* ao que elas suspiraram lembrando de Clark Gable, e comentaram como os filmes antigos eram melhores e, nostalgicamente, o que tinha acontecido com o cinema? Sugeri que os filmes de Hollywood hoje em dia eram feitos exclusivamente para meninos de catorze anos, um público pouco sofisticado, o que os privava até mesmo da esperança de diálogos inteligentes. Diálogos substituídos por peidos, vômitos e sêmen.

Sentei-me então ao lado de Abigail e segurei sua mão por um momento. Ela pediu que eu fosse visitá-la. O pedido não era casual. Ela tinha um assunto urgente para conversar comigo, e precisava ser nos próximos dois dias. Prometi que iria, e Abigail começou o longo esforço de puxar seu andador para perto de si, colocar-se de pé, e então se deslocar, a passos cuidadosos, um de cada vez, até seu apartamento.

Em questão de minutos, o clube do livro terminou. E acabou antes que eu pudesse dizer que não existe nenhum assunto humano inabarcável pela literatura. Não é preciso fazer nenhuma imersão na história da filosofia para que eu insista que não existe NENHUMA REGRA na arte, e que não existe nenhum fundamento capaz de dar embasamento aos Palermas e Bufões para os quais existem regras e leis e territórios proibidos, e portanto não existe hierarquia que declare que "vasto" seja superior a "estreito" ou que "masculino" seja preferível a "feminino". A não ser por preconceito, não existe nenhum sentimento nas artes que seja banido da expressão, nem história que não possa ser contada. O encanto está na sensação e em contá-la, e isso já é o bastante.

Daisy enviou o seguinte:

Oi, mãe. O jantar com o papai foi O.K. Parece que ele está um pouco melhor. Pelo menos tinha feito a barba. Acho que ele está muito constrangido mesmo. Ele disse que esperava que você pudesse entender esse "interlúdio" dele. Ele também falou de "insanidade temporária". Falei que isso foi o que você teve, e ele falou que talvez tenha tido também. Mãe, acho que ele foi sincero. Para mim está sendo horrível ter vocês dois um contra o outro, você sabe. Amor, beijos, Daisy

No entanto, eu não podia voltar correndo para o pai de Daisy. Pensando em nossa história, entendi que havia múltiplas perspectivas sobre o caso. O adultério é, ao mesmo tempo, vulgar e perdoável, assim como a fúria da esposa traída. Ninguém aqui é santo, não é mesmo? Eu suportei essa farsa francesa, estrelada por meu marido inconstante, volúvel. Não teria chegado a hora de "perdoar e esquecer", para usar o maldito clichê? Perdoar é uma coisa, esquecer é outro departamento. Não se pode induzir amnésia. Como seria viver com Boris e a lembrança da Pausa ou Interlúdio? As coisas entre nós seriam diferentes? Alguma coisa teria mudado? As pessoas mudam, afinal? Eu queria que você fosse como era antes? Era possível voltar a ser igual? Jamais poderia me esquecer do hospital. CACOS CEREBRAIS. Na saúde e na doença, eu estava de tal modo entranhada em Boris que sua partida havia me rasgado por dentro, e eu acabara sendo levada aos berros para um manicômio. E o medo que eu senti não teria sido afinal um medo antigo, o medo da rejeição, da desaprovação, de ser alguém impossível de amar, medo que bem podia ser mais antigo do que a minha própria lembrança explícita? Durante meses, eu afundara na raiva e no luto, mas ao longo do verão minha cabeça, inconscientemente, começou a mudar, cada vez mais. A Doutora S. percebeu. (Aliás, que saudade dela.) Lendo a carta da Daisy, senti esses pensamentos subliminares, ainda inarticulados, virem à tona, formarem frases e se alojarem entre minhas têmporas: *Uma parte de mim estava se acostumando com a ideia de que Boris tinha ido embora para sempre.* Ninguém se chocaria mais do que eu com essa revelação.

E agora a cortina se abre para a segunda-feira seguinte, quando sete meninas incomodadas e uma poeta, esforçando-se para disfarçar a própria aflição, sentam-se à mesa da oficina na Arts Guild. Um torpor parecia envolver aqueles sete corpos juvenis, como se um gás invisível mas potente tivesse sido lançado na sala e rapidamente as pusesse para dormir. Peyton estava com os braços cruzados sobre a mesa e a cabeça deitada neles. Joan e Nikki, como sempre lado a lado, em profundo silêncio, as pálpebras delineadas semicerradas. Jessie, apoiada nos cotovelos sobre a mesa, segurava o queixo com as duas mãos, com uma expressão vazia no rosto. Emma, Ashley e Alice pareciam debilitadas de exaustão.

Olhei para cada uma delas por um momento e, num súbito impulso, desatei a cantar. Cantei o acalanto de Brahms em alemão: *"Guten Abend, gute Nacht, mit Rosen bedacht..."*. Minha voz não é lá muito suave, mas tenho um bom ouvido, e deixei o vibrato soar de modo intencionalmente absurdo. O olhar de surpresa e confusão no rosto delas me fez rir. Elas não riram de volta, mas pelo menos consegui despertá-las de sua modorra. Era a minha deixa, e disse minha fala. O tema era que uma mesma história com sete personagens podia também se tornar sete histórias, dependendo da identidade do narrador. Cada personagem abordará os mesmos acontecimentos, cada um a seu modo, e terá de certa forma motivos diferentes para suas ações. A tarefa era contar uma história real que fizesse sentido. O título era dado por mim: "O Círculo das Bruxas". O título foi recebido com uma rodada de murmúrios sem palavras. Nós nos encontraríamos todos os dias da semana para recuperar as aulas perdidas. Hoje, cada menina lerá o seu texto e vamos conversar a respeito, mas nos próximos quatro encontros vamos trocar de papel e escrever a mesma história do ponto de vista de outra menina. Jessie vai ser Emma, por exemplo, e Joan, Alice, e Jessie, Ashley, e eu, a Nikki, e assim por diante. De olhos arregalados, elas trocaram olhares preocupados sobre a mesa. Ao final da semana, teríamos uma história de autoria coletiva. O truque, elas haveriam de convir, era o conteúdo.

Para ser sincera, eu não fazia ideia se isso ia funcionar. Tinha lá seu risco. Observação: o experimento, hoje famoso, em Stanford, em 1971. Um grupo de rapazes, todos universitários, assumiram papéis de prisioneiros e guardas. Depois de algumas horas, os guardas começaram a atormentar os prisioneiros e o experimento foi interrompido. O teatro da crueldade tornado real? O papel se torna a pessoa? Essas sete seriam muito maleáveis?

Comecei com um breve resumo da minha experiência: minhas suspeitas durante as oficinas, minha perplexidade diante do lenço de papel, e minha triste convicção de que algo estava sendo tramado naquele círculo. Mencionei também meu envolvimento numa história parecida quando menina. Não disse o papel que então representei. Você, meu amigo aí fora, será poupado da maior parte do tédio dessa prosa de início de adolescência; era ainda pior que a poesia. (Nenhuma das meninas quis descrever o escândalo em versos.) Basta dizer que as narrativas, desconjuntadas e muitas vezes truncadas gramaticalmente, não eram harmônicas. Após cada leitura, vinham os refrões: "Eu nunca disse isso!", "A ideia foi sua, não minha!", "Não foi nada assim que aconteceu!", em voz alta. Algumas das desavenças eram por ninharias, onde e quando e quem. "Você colocou grilo morto na fórmula, não eu!", "Pergunta pra minha mãe. Ela viu você saindo do banheiro com o braço sangrando, lembra?" Não obstante, elas tentaram justificar o plano: Todo mundo gostava da Alice no início, mas aí, com o tempo, ela começou a se destacar em algumas áreas e elas não gostaram disso. Ela virou a "queridinha" do sr. Abbot nas aulas de história e sempre levantava a mão com a resposta certa. Ela comprava roupa em Minneapolis, numa loja de departamentos, não no shopping de Bonden. Ela estava sempre lendo, o que era "chato". A sinopse de Ashley incluía o fato de que Alice conseguira o papel principal na peça da escola e, depois desse "golpe de sorte", ela havia se metamorfoseado em uma "grande de uma metida". O que começou como "brincadeira" das bruxas conspiradoras para "dar o troco na Alice", de algum modo, misteriosamente, fugira ao controle, segundo elas mesmas. Não havia agentes nessa versão da história, apenas torrentes de sentimentos, muito semelhantes a maldições, que levaram as meninas a seguir sempre em frente e ir um pouco além. Bea e eu costumávamos chamar esse tipo de situação, quando éramos meninas, de "sem querer, querendo". Quando eu disse isso, vi surgirem sorrisinhos encabulados em todas elas, exceto, é claro, em Alice, concentrada em conferir a superfície da mesa.

Ela foi a última a ler. Apesar de contrariada com a história que devia contar, a menina se deu o papel de uma heroína à maneira de Jane Eyre ou David Copperfield, esses órfãos maltratados que eu tanto amava quando tinha a idade dela, e trabalhou duro no conto. Ainda que altamente adjetivada e hiperbólica, e não isenta de erros sutis ("torturante" em vez de "torturada"), dava conta tanto de sua intensa necessidade de pertencer ao grupo como de expressar a agonia de ser excluída. Ao ouvi-la, intuí que, apesar de a personagem não agradar às meninas do grupo, expor essa necessidade contara a seu favor. A vítima se saía bem em sua versão dos acontecimentos, na qual Alice vestira seu *alter ego* em convenções góticas convenientemente auxiliadas por uma memorável tempestade que desabou do céu quando eu já estava deitada em minha cama naquela noite de junho. Aparentemente, numa "reuniãozinha à tarde" na casa de Jessie, as meninas combinaram juntas que não olhariam nem responderiam mais quando Alice falasse, agiriam como se ela fosse invisível e inaudível. Depois de meia hora desse tratamento, nossa heroína escapara na "chuva caudalosa, chorando desbragadamente, com os cabelos revoltos pelo vento" enquanto "relâmpagos retorcidos iluminavam o céu". Quando ela chegou em casa, a trágica criatura estava "ensopada até os ossos, com a pele congelada, tiritante, batendo os dentes de frio". Embora Alice possa não ter gostado daquela versão do Meidung, seguramente tivera algum prazer ao escrever a respeito. A pesonagem literária Alice exercia a função redentora para a pessoa comum Alice, que estava na sétima série. A narrativa terminava com as palavras: "Nunca antes em minha vida sentira tão profundo e insuportável desespero".

Não sorri. Lembrei.

Pobre Peyton, cujo remorso já aflorava, chorou e assoou o nariz.

Jessie nem olhou para Alice, mas pediu desculpas num suspiro mortificado.

Nikki e Joan deram de ombros, mas incomodadas.

Ashley e Emma continuaram implacáveis.

Despedi-me delas passando a lição de casa. Dei Ashley e Alice uma para a outra, juntei Peyton e Joan, Nikki e Emma, e como sete é ímpar, peguei Jessie para mim, e a ela coube a tarefa de escrever como uma professora de poesia das mais ignorantes.

Boris resolveu ser galante.
Mia,
Eu fui simplesmente um idiota cheio de dor no coração.
Boris.

(Referência: T. R. Delvin, interpretado por Cary Grant, dirigindo-se a Alicia Huberman, interpretada por Ingrid Bergman, quase no fim de *Interlúdio*. O herói está, se bem me lembro, descendo a escada enquanto leva nos braços sua amada desacordada, quando faz esse comentário. Boris e eu vimos esse filme pelo menos sete vezes juntos, e toda vez B. I. ficava com os olhos cheios de lágrimas com essa sucinta explicação para o modo genuinamente odioso como o sr. Devlin trata a divina srta. Huberman. O pequeno galanteio não me passou despercebido. Não, não vou disfarçar: fiquei comovida. Boris nunca seria Cary, eu tampouco jamais seria Ingrid. Quando imaginei meu roliço neurocientista bufando para carregar sua crespa versificadora de cinquenta e cinco anos pela longa escada hollywoodiana, a ilusão se desfez. Mas isso não é o mais importante. Todos devemos poder nos permitir a fantasia da projeção, de quando em quando, uma oportunidade de usarmos vestidos e fraques imaginários daquilo que nunca existiu ou existirá. É o que confere algum brilho às nossas vidas aviltantes, e por vezes podemos escolher viver um sonho atrás do outro, e com tal escolha encontrar alguma trégua na tristeza de sempre. Afinal, ninguém de nós jamais poderá desatar todos os nós das ficções que forjam essa coisa instável que chamamos de eu.)

Da Bea, depois de ter sido informada dos novos acontecimentos do caso Boris/Mia:
Lembre-se, Baby Huey, todo mundo faz bobagem. Amor, B.

De Ninguém, finalmente:
Pedras no rim.

Pobre sr. Ninguém, meu estratosférico parceiro de conversas, havia sido trazido à terra por aqueles seixos excruciantes. Desejei-lhe rápida recuperação.

Aprendi a esperar algum tempo entre a batida e o aparecimento de Abigail na porta. Minhas visitas tornaram-se regulares. Eu ia sozinha ou com a minha mãe, e as duas estávamos preocupadas com nossa amiga desde a última queda. Ela parecia degringolar dia a dia, e no entanto a força de sua personalidade persistia. Na verdade, o que me atraía em Abigail era justamente sua rigidez. Isso em geral não é visto como uma qualidade desejável em seres humanos, mas nela parecia haver se tornado uma resistência ao costume provinciano da resignação apavorada. Abigail costurara e bordara sua silenciosa porém inabalável insurreição. Agora eu conhecia a história do soldado Gardener. Ela se casara com ele por impulso pouco antes de ele partir para o Pacífico; contudo, quando ele voltou depois da guerra, trouxe a guerra consigo. Atormentado por pesadelos, acessos de fúria, surtos de bebedeiras terríveis, a ponto de cair inconsciente, o sujeito que voltara para casa tinha pouca semelhança com o menino que ela havia jurado "amar, honrar e obedecer", mas também, como ela mesma disse: "Pra começo de conversa, eu não sabia nada sobre ele na verdade". Um dia, para seu imenso alívio, o esposo desertou. Um ano mais tarde, ela recebeu uma carta de contrição do ex-soldado pedindo que ela fosse morar com ele em Milwaukee. Só de pensar nisso ela ficou "gelada como um picolé", Abigail recusou, pediu o divórcio, e assim nasceu a professora de Educação Artística do primário.

A mãe havia lhe ensinado a bordar, mas só depois da debacle do casamento ela entrou para o grupo de costura, percebeu que "precisava fazer aquilo", e sua vida dupla começou. Ao longo dos anos Abigail criou várias peças, tanto convencionais quanto subversivas — ou, como ela dizia, "as verdadeiras" e as "falsas". Ela vendia as falsas. Uma por uma ela viera me mostrando as verdadeiras, e a estranheza do projeto de Abigail se tornou cada vez mais aparente. Nem todas eram de natureza vingativa ou sexual. Havia um bordado delicado de mosquitos de vários tamanhos, fartos de sangue; uma imagem alegre de uma figura tirada de um atlas de anatomia, órgãos expostos mas dançando; outro de uma mulher gargantuesca mordendo um pedaço da Lua; uma toalha de mesa grande e estranhamente pungente que mostrava roupas íntimas de mulheres: um corset, calcinhas, uma camisola, meias, meias-calças, um sutiã grosso antigo, um espartilho com cinta-liga, e um baby doll com penhoar; e havia um impressionante retrato costurado num travesseiro em ponto-de-cruz que ela fizera, anos antes, dela mesma sentada aos prantos numa cadeira. As lágrimas eram lantejoulas.

Quando abriu a porta, minha amiga parecia minúscula. O tremor havia passado para a cabeça, e o queixo estava trêmulo quando ela olhou para mim. Estava elegantemente vestida com uma calça preta justa e uma blusa preta com rosas vermelhas. O cabelo curto e ralo estava penteado para trás das orelhas, e através da lente de seus óculos estreitos seus olhos estavam intensamente focalizados, como eu nunca vira antes.

Naquela tarde, Abigail e eu fizemos alguns acordos. Ela recostou-se no sofá e me falou sobre sua morte. Ela não tinha ninguém, só uma sobrinha, uma boa moça, mas que jamais compreenderia os seus alumbramentos. "Ela fica com o meu dinheiro, o que eu ainda tiver." Então ela citou um verso do meu primeiro livro de poemas: "Sempre fomos loucas por milagres, navios e rendas". "Nós somos assim, Mia", Abigail disse. "Nós somos duas ervilhas da mesma vagem." Fiquei lisonjeada, mas me vi obrigada a nos imaginar redondas e verdes dentro de uma vagem sobre a bancada da cozinha. Então ela abruptamente mudou de metáfora, do orgânico para o mecânico: "Eu sou um despertador, Mia, que vai parar a qualquer momento, e, quando isso acontecer, não vai ter mais volta. Eu fico ouvindo o tique-taque". Ela já havia formalizado tudo em seu testamento, disse-me. Eu ficaria com os alumbramentos secretos e poderia fazer o que quisesse com eles. A papelada estava na primeira gaveta de sua escrivaninha. Eu deveria ter imaginado. A chave ficava dentro da caixinha do ovo de Limoges, e eu devia tirá-la dali agora e abrir a gaveta; havia outra coisa que ela queria me mostrar, uma fotografia dentro de um envelope pardo que estava em cima de tudo.

Duas moças de smoking de pé, lado a lado, com os braços sobre os ombros uma da outra, sorrindo, uma morena, que imaginei que fosse Abigail, e uma loira. A loira está com um cigarro na mão direita. Elas parecem eufóricas e elegantes e à vontade e invejáveis.

Abigail ergue a cabeça. Depois abaixa. Balançou a cabeça alguns segundos antes de falar. "Ela tinha o mesmo nome da sua mãe. O nome dela era Laura. Eu a amei. Estávamos em Nova York. Isso foi em 1938."

Abigail sorriu. "É difícil acreditar que essa metidinha aí sou eu, não?"

"Não", falei, "não é nada difícil."

Quando a abracei antes de ir embora, senti seus ossinhos sob a blusa coberta de rosas; pareciam ossinhos de galinha, minha Abigail, que já não conseguia sentar ereta, que tremia e um dia amou uma menina chamada Laura em Nova York em 1938, uma mulher notável, uma professora de arte para crianças e uma artista, uma artista que conhecia sua Bíblia. A última coisa que ela me disse foi: "Ele descerá como a chuva sobre a erva ceifada, como os chuveiros que umedecem a terra" (Salmos 72:6).

***

Ser o outro é a dança da imaginação. Não somos nada sem ela. Grite! Dance, sapateie, saltite. Essa foi minha pedagogia, minha filosofia, meu credo, meu lema, e as meninas estavam se esforçando. Isso posso dizer a favor delas. Seus "eus" foram embaralhados, e elas deram duro para encontrar sentido em outro papel, outro corpo, outra família, outro lugar. O sucesso não foi unânime, mas isso era esperado.

Jessie no papel de Mia escreveu: "Eu tive uma espécie de intuição sobre o problema das meninas, mas elas não me contaram. Lembrei de quando eu estava na sétima série e uma confusão dessas aconteceu comigo, mas isso foi muito, muito tempo atrás...". (Tudo bem.)

Peyton como Joan escreveu: "Sou a melhor amiga da Nikki desde a primeira série e eu basicamente faço o que ela faz. Quando vi que ela não tinha medo de se cortar, resolvi me cortar também, mesmo tendo enjoado".

Joan como Peyton: "Eu quero ser uma menina descolada, mas sou imatura. Gosto mais de esportes, e concordei em fazer coisas ruins para a Alice porque eu queria me enturmar, ser descolada".

Nikki no papel de Emma: "Puxo o saco da Ashley porque acho que ela faz com que eu me sinta melhor comigo mesma e é divertido andar com ela porque ela não liga de arrumar confusão. Quando ela me fez engolir um pedaço do rabo do rato morto, eu engoli, mesmo sendo nojento. Sou tipo uma escrava dela. Ela implica com alguém e eu gosto de entrar nesses joguinhos dela. Minha irmã menor tem distrofia muscular, e por isso eu sempre quero estar com as minhas amigas, e fazer coisas idiotas me ajuda a não pensar muito nisso."

Emma como Nikki escreveu: "Eu gosto de me exibir e fazer loucuras, me vestir de preto, usar maquiagens estranhas para irritar a minha mãe. Ser cruel com a Alice foi um jeito de me exibir também".

Ashley escreveu: "Eu sou Alice, a Miss Perfeitinha. Eu gosto de Chicago porque é uma cidade grande com muitas lojas e museus e minha mãe me leva a todos esses lugares artísticos metidos a besta e agora a gente não vai mais. Eu era amiga da Ashley, mas acho que sou muito sofisticada para ela. Sou filha única e meus pais me mimam, compram roupas caras e me puseram no balé em St. Paul. Eu uso palavras que as outras meninas não conhecem só para elas se sentirem idiotas. Sou tão certinha que não sei me divertir, e fico toda magoada e chorosa quando alguém diz qualquer coisinha. Se eu não tivesse sido tão trouxa, as meninas não teriam conseguido fazer nada contra mim".

Alice escreveu: "Odeio Alice porque ela fez a Charlene na peça. Isso me fez corroer de inveja. Ela não entendeu meu engodo, e então ficou fácil como tirar doce de criança. Fingi gostar dela, enquanto a apunhalava brutalmente pelas costas. Meus irmãos e irmãs estão sempre me chutando e se batendo, batendo porta, minha casa é uma completa bagunça, e eu preciso tomar remédios para um distúrbio de humor, e minha mãe está sempre gritando para eu não me esquecer de tomá-los...".

Recriminações, quebras de promessas e surpresas pontuaram toda uma hora, mas o fato de Ashley ter contado sobre seu distúrbio, fosse ele qual fosse, para Alice foi de longe a revelação mais inquietante. Nem Alice nem Ashley conseguiram penetrar a alma da outra ou encontrar alguma simpatia recíproca, mas quando Alice, consciente ou inconscientemente, deixou escapar o segredo de Ashley, todas elas fizeram silêncio, até Peyton berrar: "Mas, Ashley, você falou que a Alice é que tinha distúrbio de humor, não você!". O truque de trocar de primeira pessoa dera a

174

volta completa. Ashley, ao que tudo indicava, já havia começado a jogar sozinha.

1. Sempre confirmarei se temos suco e leite e me lembrarei de comprar quando estiver acabando.
2. Prometo que lerei *Middlemarch* até o fim. (Isto vale também para *The golden bowl*.)
3. Não interromperei quando você estiver escrevendo.
4. Conversarei mais com você.
5. Aprenderei a cozinhar algo além de ovos.
6. Eu sei que vou te amar.
Boris

Li várias vezes a lista. Para ser franca, não acreditei nas primeiras cinco. Isso exigiria uma revolução do tipo em que eu deixara de acreditar. Meu mundo caiu na número 6, pois, você sabe, Boris me amara antes. Amara por tanto tempo que a questão não era se ele dizia a verdade — eu sabia que sim —, mas se ele não estaria se enganando. Ele seria mesmo capaz de abandonar seu Interlúdio explosivo ou ela seria sempre um fantasma morando conosco pelo resto dos nossos dias? E, pior, se Boris já havia saído por aquela porta antes, o que garantia que ele não faria de novo? Na minha resposta, foi exatamente isso que eu perguntei a ele.

Regina voltou a Rolling Meadows, mas não para o bloco dos apartamentos independentes. Ela foi colocada numa unidade especial do outro lado, com as pacientes de Alzheimer, embora não tivesse sido esse o seu diagnóstico. Depois do "incidente", as autoridades (bastante benevolentes, embora de modo algum tão tolerantes) haviam tomado a decisão de que não se podia confiar nela. Ela precisava ficar sob observação. Minha mãe e eu a encontramos num quartinho — quase idêntico ao meu quarto no hospital em Payne Whitney, mas sem vista para o East River — sentada sobre um catre modesto com uma colcha azul, seus belos cabelos brancos desgrenhados caindo sobre seu rosto. Quando minha mãe entrou pela porta, Regina exclamou: "Laura!", e abriu os braços para a amiga. As duas se abraçaram e então, ainda abraçadas, balançaram-se para trás e para a frente por quase um minuto inteiro. Ao se separarem, Regina olhou para mim com olhar inquisitivo, e me dei conta de que a Cisne decaída esquecera meu nome, talvez meu ser como um todo, porém minha mãe salvou a companheira me identificando assim que entendeu que Regina não me localizava mais em seu depósito mental.

As duas conversaram, mas Regina falou mais. Contou sua via crúcis — os exames, o médico bonzinho e o malvado, as intermináveis perguntas sobre os presidentes e a época do ano e que sentia essas picadas, e tal e tal coisa. Ela apagou e balbuciou, contudo logo se recuperou e em questão de segundos começou a soar nostálgica. Como era lindo do outro lado, na ala das independentes! Ela tinha o apartamento só dela com todas as suas "coisinhas adoráveis", e podiam ir andando visitar as amigas, e oh, querida, a planta carnívora, alguém está regando por mim? E agora, olhe só para ela, exilada com "as doidas" e pessoas que "babavam e urinavam e faziam nas calças". Ai, se ela pudesse voltar para o lado de lá. Vi minha mãe abrindo a boca e depois fechando. Se Regina queria lembrar "da casa" que ela tanto detestara como um paraíso, quem era ela para destruir sua ilusão? Na saída, a velha senhora ergueu a cabeça, jogou para trás os cachos revoltos e sorriu radiante. Mandou beijos e cantarolou com sua vozinha aguda: "Apareça, Laura. Você volta, não é? A saudade é terrível. Você vai se lembrar de voltar".

Pouco antes de eu fechar a porta, olhei uma última vez para Regina. Ela parecia haver murchado, como se o adeus teatral tivesse soltado todo o ar de seu corpo.

No corredor, minha mãe estacou. Apertou o peito com as duas mãos, fechou os olhos e disse num sussurro: "É tão amarga".

"O quê, mamãe?"

"A velhice."

A novela de Lola, Pete, Flora e Simon foi se repetindo quase sempre do mesmo jeito, como a própria Lola tinha admitido, mas então as circunstâncias conspiraram para fazer alguma diferença, e a diferença foi o dinheiro. Por mais que eu gostasse dos meus edifícios Chrysler e tivesse estimulado Lola ao escutar seus planos de negócios, confesso que não tinha lá muita esperança. A pobre mocinha tinha pouco tempo para se dedicar à joalheria e, afinal de contas, as perspectivas de sucesso pareciam escassas. Eis que então, subitamente, como acontece nos romances, sobretudo naqueles dos séculos XVIII e XIX, a madrinha de Lola, uma senhora solteira e frugal, que trabalhara cinquenta anos na tesouraria do St. Joseph's College, morrera, e tal deus ex machina deixou para a afilhada um conjunto completo de porcelana Wedgwood e cem mil dólares. (Convenhamos: isso acontece o tempo todo na VIDA REAL dos séculos XX e XXI; só é menos comum em ROMANCES dos séculos XX e XXI.)

E assim, ao menos por algum tempo, Lola ficou rica, e mais importante, o dinheiro era dela, não de Pete. Na mesma semana, uma lojinha em Minneapolis aceitou vender as criações de Lola. Gostaram dos brincos arquitetônicos, especialmente das Torres de Pisa. A alegria foi morar na casa da vizinha. Comemoramos na sexta-feira depois de uma semana difícil com as bruxinhas. (Sobre isso, conto mais tarde. A cronologia às vezes é superestimada como recurso narrativo.) Minha mãe, Peg, Lola e os dois filhotes foram convidados. Também chamei Abigail, mas ela estava muito fraca, disse, para fazer o traslado, mesmo depois de nos oferecermos para levá-la de carro aqueles poucos metros até a casa dos Burda.

Lola estava de rosa. Minha mãe estava de Simon, a maior parte da noite, e os dois se divertiram muito. O rapazinho estava cantando. Quando minha mãe cantou para ele, ele cantou de volta, com uma afinação, de fato, nada convencional, talvez até mesmo bizarra, mas cantou mesmo assim, e seus sons flauteados foram motivo de muito riso. Flora corria loucamente sem peruca e cochichava com Moki e enfiava bolo na boca. Tive o cuidado de bajulá-la e puxar assunto para que ela não achasse que o irmãozinho estava ganhando a disputa de fofura. Peg esteve radiante. Numa reunião de família, ela estava em seu elemento, e sua presença agregou doçura à ocasião já por si açucarada.

Perguntei a Lola se Pete estava viajando, mas não, o marido tinha ficado em casa. Ele não ficaria à vontade, disse ela, por ser o único homem, e insistira para ela ir sozinha e se divertir. Enquanto Peg e minha mãe se ocupavam das crianças, Lola e eu fomos ao quarto onde havíamos dormido juntas, e ela me contou que o dinheiro fizera com que se sentisse diferente. "Eu não fiz nada para merecer isso", disse ela, "mas, agora que é meu, eu me sinto mais importante, de alguma maneira, mais livre, e Pete está mais feliz. É como se ele conseguisse respirar um pouco melhor e não se preocupar tanto. E aconteceu também que o Artisan's Barn, de repente, gostou das minhas coisas, de modo que agora ele não acha mais que as minhas joias são quinquilharias inúteis."

Ficamos juntas olhando pela janela. Eu me apegara àquela vista e ao céu do verão, especialmente quando o sol se punha e tingia tudo de azul e lavanda e rosa, e eu podia observar as nuvens se formando sobre o campo e o arvoredo e o celeiro e o silo que cresciam negros e planos conforme a noite caía. Um estudo da repetição. Um estudo da mutabilidade. E Lola disse que sentiria saudades quando eu voltasse para casa, e eu disse que também sentiria saudade. Ela se perguntava o que eu faria a respeito de Boris; contei a ela sobre as tentativas de galanteio dele, e ela sorriu. Da sala, ouvi as mulheres rindo e um agudo de Flora e, alguns segundos depois, o choro barulhento de Simon.

Lola e eu, contudo, ficamos paradas por mais alguns segundos, simplesmente olhando pela janela em silêncio, até que ela voltou para a festa, para acudir seu garotinho.

Homo homini lupus. O homem é o lobo do homem. Encontrei a frase em um livro do velho pessimista, o grande Sigmund Freud, mas aparentemente é de Plauto. Triste verdade. Olhe à sua volta. Até mesmo as meninas, nessa volúpia por prestígio e admiração, com suas táticas cruéis, suas alegrias agressivas. Enquanto seus "eus" continuavam sendo trocados de menina em menina durante a semana, eu às vezes me perdia de quem estava fazendo quem, mas elas mesmas não tiveram nenhum problema de identificação. Embora sem outras grandes revelações, o conto que eu batizara de "O Círculo das Bruxas" começou a ganhar forma. Ashley havia sido desmascarada. Ela desabou com sua mentira. Duvido que sentiria algum remorso se não tivesse sido pega, mas o fato é que sofreu agudamente a perda do poder. Ela era uma sobrevivente, contudo, e começou a se ajustar ao novo papel no grupo: na quarta-feira, ela fez um pedido formal de desculpas à vítima e, sincero ou não, isso ajudou a erguer um pouco sua reputação com as outras. Emma tinha ficado abalada com a menção da irmã doente, porém a simpatia que as meninas sentiam por ela, como a filha saudável mas ignorada, a deixou bem mais aliviada, e ela acrescentou voluntariamente mudanças na história e em seu papel, o que achei ousado da parte dela: "Fiquei feliz quando Alice chorou". As platitudes narcisísticas de Jessie perderam feio. Ela entendeu que acreditava demais em si mesma. Entrara na brincadeira cruel quase sem pensar. No decorrer da semana, Peyton chorou cada vez menos e saboreou os papéis das outras meninas cada vez mais. A catarse do teatro. Na verdade, na quinta-feira já era evidente que um roteiro tácito havia se escrito, e as meninas se lançaram no próprio melodrama com gosto. Alice perdeu um pouco de sua estatura de heroína romântica, mas seu sofrimento foi reconhecido por todas, e entrou na vida de suas torturadoras com tal aplicação que, na sexta-feira, Nikki exclamou: "Oh, meu Deus, Alice, você gosta de ser a malvada!". Joan, evidentemente, concordou.

A história que elas levaram para casa na sexta-feira não era a verdadeira; era uma versão com a qual todas poderiam conviver, muito semelhante à história nacional que se esfuma e se oculta e distorce os movimentos das pessoas e dos acontecimentos para preservar uma ideia. As meninas não queriam se odiar e, embora o ódio por si mesmo não seja raro, o consenso a que chegaram sobre o que de fato aconteceu foi muito mais brando do que o do doutor vienense que citei antes. Quanto a mim, acho que meu encontro com o Círculo das Bruxas me fez bem. As sete me abraçaram, cantaram para mim e me deram um presente: uma caixa roxa com um sabonete perfumado, uma loção hidratante para as mãos dentro de um frasco ondulado e sais de banho embrulhados com um laço lilás. O que mais alguém poderia querer?

E então minha Daisy surgiu na cidade. A expressão gasta, com suas conotações de faroeste, no entanto, é perfeita para cria tão amada. A garota tem algo tempestuoso, uma capacidade de agitar as coisas com um mínimo de esforço. Quando saltou do táxi, bolsa de couro no ombro, zíper aberto revelando o conteúdo caótico, vestida numa minúscula camiseta, colete masculino, jeans rasgados, botas, chapéu de palha e enormes óculos escuros, ela parecia encarnar a agitação, a excitação — em suma: um pequeno furacão. Ela é linda, além de tudo. Como Boris e eu fomos capazes de gerá-la é um enigma, mas os dados genéticos são imponderáveis. Nenhum de nós é feio, e minha mãe, como você já sabe, ainda me acha bonita, entretanto Daisy está em outro patamar, e é difícil parar de olhar para minha filha quando ela está por perto.

É uma diabinha afetuosa, sobretudo, sempre foi, adora abraçar e beijar e esfregar o nariz e fazer carinhos, e quando nos vimos nos braços uma da outra na entrada, nos apertamos, beijamos, esfregamos narizes, e nos fizemos carinhos mútuos por alguns minutos antes de entrar. E, como às vezes acontece, só então me dei conta da saudade que eu estava sentindo dela, como eu sentira falta da minha filha, mas, como você ficará feliz de saber, não cheguei às lágrimas. Pode ter havido um toque de umidade nas imediações dos meus dutos — nada além disso.

Passamos a tarde na minha mãe e, apesar de só me recordar de trechos do que eu disse, lembro da animação no rosto da minha mãe ao ouvir Daisy contar suas histórias do teatro e Muriel e suas noites atrás do pai e como ele não descobriu que estava sendo seguido até que ela o enfrentou saindo do Roosevelt dizendo: "O que diabos está acontecendo, papai?". E lembro que minha mãe deu mais notícias de Regina. Ela havia sido levada por uma das filhas. Letty chegou e logo transferiu a mãe para Cincinnati, onde havia uma "casa" perto da filha e do resto da família. Minha mãe confessou não saber o que iria acontecer, mas seguramente seria preferível àquela "cela horrível" da unidade de Alzheimer.

* * *

Já no dia seguinte ficamos sabendo que Abigail havia sofrido um derrame grave. Estava viva, mas a mulher que havíamos conhecido desaparecera para sempre. Não sabia onde estava nem quem era. O despertador havia parado de funcionar. Pessoas muito idosas adoecem e morrem. Nós sabemos disso, porém os muito idosos sabem muito melhor do que o resto de nós. Vivem num mundo de perdas constantes, e isso, como dissera minha mãe, é amargo.

Eu a vi por alguns minutos, na UTI, dois dias depois. Minha mãe não quis ir visitá-la. Entendi o porquê; o espectro da perda das faculdades que faziam de uma vida uma vida rondava perto demais dela. Abigail estava deitada de lado; com a coluna curvada, sua cabeça ficava próxima aos joelhos, de modo que só ocupava uma pequena parte do leito. Ela abria os olhos ocasionalmente, mas as íris e pupilas estavam esvaziadas de qualquer pensamento, e saía um som rascante quando ela respirava. Os cabelos grisalhos e ralos da minha amiga pareciam um tanto engordurados e despenteados, e ela estava com uma camisola floral do hospital que teria detestado. Ajeitei seu cabelo para trás. Conversei com ela, disse-lhe que me lembrava de tudo, que pegaria o testamento da gaveta quando chegasse a hora e faria tudo para levar seus alumbramentos secretos para alguma galeria. E antes de ir embora, inclinei-me sobre ela e cantarolei no seu ouvido bem baixinho, como costumava fazer com Daisy, uma canção de ninar, não a de Brahms, outra. Uma enfermeira me assustou entrando pela porta atrás de mim, e eu me endireitei, constrangida, mas ela foi espirituosa, prática, e disse que seria bom ficar ali com ela; no entanto, depois disso, subitamente, não consegui mais. Dois dias mais tarde, Abigail morreu e eu fiquei contente.

* * *

Escrevi para Ninguém sobre ela, sobre os bordados e o caso de amor de décadas atrás. Não sei por que contei isso a ele. Talvez eu quisesse uma resposta com alguma grandiosidade. E essa resposta veio.

Alguns de nós estamos fadados a viver dentro de uma caixa de onde só se pode sair temporariamente. Nós, espíritos malditos, dos sentimentos contrariados, dos corações bloqueados, dos pensamentos enclausurados, nós que não vemos a hora de explodir, extravasar numa torrente de fúria ou alegria ou mesmo de loucura, mas não temos aonde ir, nenhum lugar no mundo para nós, pois ninguém nos aceitará como somos, e não há nada a fazer senão nos entregar aos prazeres secretos das nossas sublimações, ao arco de uma sentença, ao beijo de uma rima, à imagem que se forma no papel ou na tela, à cantata interior, ao bordado do claustro, ao bastidor obscuro e sonhador de inferno ou céu ou purgatório, ou de nenhum dos três, mas deve haver algum som e fúria no que fazemos, um toque de címbalos no vazio. Quem há de nos negar a pantomima do frenesi? Nós, atores caminhando sobre um palco sem plateia, com nossas vísceras arquejantes e nossos punhos agitados no ar? Sua amiga foi uma de nós, os jamais ungidos, os nunca escolhidos, frustrados pela vida, pelo sexo, amaldiçoados pelo destino, mas ainda assim industriosos, sub-reptícios, onde se aventuram apenas os raros e felizes, cerzindo por anos, cerzindo a própria mágoa e o próprio ódio e o próprio tédio, e por que não? Por quê? Por que não? Por quê? Por que não?

Com toda sua desolação, ele fez com que eu me sentisse melhor, estranhamente melhor. Por quê? Pela primeira vez me perguntei se o sr. Ninguém não poderia muito bem ser uma madame Ninguém. Quem poderia dizer? Eu não tinha mais certeza de que era Leonard. Mas me dei conta de que não me importava com isso. Ele ou ela era minha voz da Terra do Nunca, do impossível, do porquê, não do onde, e eu gostava que fosse assim.

Se eu voltar a fazer alguma bobagem outra vez, pregue-me na parede.
Seu,
Boris

Daisy estava bem atrás de mim quando li essa mensagem na tela, e senti as mãos dela nos meus ombros. "O que você vai responder, mamãe? Me diz, mãe."

"Vou buscar minha pistola de pregos."

"Oh, mamãe", ela gemeu. "Ele está se esforçando, você não percebe? Ele está mal."

Minha filha puxou a cadeira de rodinhas onde eu estava, pulou no meu colo e começou a me bajular e me adular para eu dizer alguma coisa que encorajasse o bom e velho Papi a voltar. Ela puxou minhas orelhas e apertou meu nariz e usou vários sotaques — coreano, irlandês, russo e francês — para me implorar. Pulou do meu colo e arrastou suavemente os pés e bailou e balançou os braços e disse bem alto o seu desejo de que o velho casal reatasse, uma só mamãezinha e um papaizinho, Sol e Lua ou Lua e Sol, os dois astros do céu de sua infância.

Choveu no dia do enterro da Abigail, e achei certo que chovesse. A chuva caiu sobre a erva ceifada, e me recordei das palavras que ela bordara: "Lembra-te de que minha vida é um sopro". Rolling Meadows estava representado em peso nos bancos da igreja naquela tarde, o que significava que havia muitas mulheres, uma vez que ali só viviam senhoras praticamente, embora o lascivo Busley também tivesse aparecido em seu carrinho motorizado, que ele estacionou no corredor, virado para os fundos da igreja. Vi a sobrinha, que me pareceu velha, claro, devia ter seus setenta e poucos. Minha mãe havia sido chamada para dizer algumas palavras. Ela apertou o discurso no colo, e senti que estava nervosa. Experimentara diversas roupas pretas antes de sairmos, preocupada com colarinhos sem passar e algo que podia ser uma mancha na saia, e por fim acabara escolhendo um paletó de alfaiataria de algodão e calça com uma blusa azul de que Abigail sempre gostara. O pastor, um homem com pouco cabelo e apropriada expressão grave, não devia conhecer bem nossa amiga pois disse algumas inverdades que fizeram minha mãe se crispar ao meu lado: "Membro fiel da nossa congregação, espírito generoso e delicado".

Minha mãe, elegante e miúda, subiu até o púlpito com cuidado mas sem dificuldade e, posicionando os pés e os óculos de leitura, inclinou-se para se dirigir aos ouvintes. "Abigail era muitas coisas", ela disse, com voz trêmula, rouca, enfática. "Mas não era um espírito generoso e delicado. Ela era engraçada, despachada, sagaz, e, verdade seja dita, irritadiça e irritante boa parte do tempo." Ouvi algumas mulheres rirem atrás de mim. Minha mãe continuou e a cada frase eu sentia crescer seu afeto pela amiga. Elas haviam se conhecido no clube do livro no dia em que Abigail chocou todo mundo ao dizer que o romance que elas estavam lendo, agraciado com o prêmio PULITZER, era "um grandessíssimo e fedorento monte de porcaria", veredito de que minha mãe não discordava, mas que teria formulado de outro modo, e seguiu elogiando a criatividade de Abigail e as muitas obras de arte produzidas por ela ao longo dos anos. Chamou de arte o que Abigail fazia, e chamou Abigail de artista, e Daisy e eu ficamos orgulhosas por termos uma mãe e uma avó como ela. Eu sabia que mamãe não choraria por Abigail. Ela não chorou nem pelo papai. Era uma verdadeira estoica; o que não tem remédio, remediado está. As Cisnes estavam morrendo. Todo mundo está morrendo. Temos o cheiro da mortalidade, que não sai quando lavamos. Não há nada a fazer, senão começar a cantar.

Devemos nos deixar por um momento, deixar a mim e Daisy e Peg, radiante, sentada ao lado de Daisy, deixar minha mãe de pé ali dando testemunho da amiga. Nós haveremos de deixá-la, mesmo havendo brilhado naquele momento e depois quando foi calorosamente parabenizada por tanta gente por dizer algumas verdades que todo mundo sabia, pois é comum que os mortos sejam enterrados embalados em mentiras. Mas nós nos deixaremos ali no enterro, com a chuva forte nos vitrais coloridos, e deixaremos que o desfecho se dê exatamente como foi, porém sem aludir a ele.

O tempo nos confunde, não é mesmo? Os médicos sabem jogar com isso, entretanto o resto de nós deve fazer o possível com um presente acelerado que se torna um passado incerto e, por mais emaranhado que o passado seja na nossa cabeça, estamos sempre inexoravelmente indo em direção a um final. Na nossa cabeça, contudo, enquanto ainda vivemos e enquanto nosso cérebro for capaz de fazer conexões, podemos saltar da infância para a meia-idade e voltar novamente e roubar algo do momento que quisermos, um pedacinho saboroso daqui, um amargo dali. Nunca volta exatamente o que era, apenas uma encarnação posterior. O que um dia foi futuro agora é passado, mas o passado volta como uma lembrança no presente, está aqui e agora no momento em que escrevo. Novamente, estou escrevendo minha história em outro lugar. Nada impede que isso aconteça, não é mesmo?

Bea e eu estávamos patinando no rinque na escola de Lincoln, e estamos à espera de nosso pai que vem nos buscar, e vemos quando ele chega na perua verde. No caminho de casa, ele assobia "The Eerie Canal", e Bea e eu rimos uma para a outra no banco de trás. Em casa, mamãe está deitada na cama lendo um livro em francês. Pulamos na cama, e ela sente nossos pés gelados. Estão muito gelados. Que gelo, ela usa a palavra "gelo". Então tira nossas meias e coloca nossos pés de patinadoras embaixo de sua blusa sobre a pele quente de sua barriga. Paraíso Encontrado.

Stefan está sentado no sofá, gesticulando enquanto argumenta. Quando olho para ele, fico preocupada. Ele está bem vivo. Seus pensamentos forçam passagem depressa demais, e no entanto naquele momento eu ignoro o que vai acontecer. Sou inocente desse futuro, e aquela condição, aquela nuvem do desconhecido, é impossível de ser recuperada.

A doutora F. me diz para empurrar. Força, agora! E eu empurro com todas as minhas forças e mais tarde descubro que até rompi vasos do meu rosto, mas nem penso nisso na hora, em nada, e empurro, e sinto a cabecinha dela, e depois vozes gritando que a cabeça está saindo, e sai, e o súbito deslizar de seu corpo de dentro do meu, ele ou ela, dois em um, e entre minhas pernas abertas vejo um ser estranho, vermelho, lambuzado, com um pouquinho de cabelo preto, minha filha. Não tenho nenhuma lembrança do cordão umbilical? Nem do corte. Boris está lá, e está chorando. Eu não derramo uma lágrima. Ele chora. Agora me lembro! Eu disse que ele nunca chorava na vida real, mas não é verdade. Eu tinha me esquecido! Ele está ali de pé agora, na minha lembrança, chorando porque sua filha nasceu.

Estou entrando na galeria AIM, uma cooperativa de mulheres no Brooklyn, para a abertura de uma exposição que se chama Alumbramentos Secretos.

Estou parada ao lado de Boris em nosso apartamento em Tompkins Place. Você promete amar e respeitar, na saúde e na doença, até que a morte os separe?

Bem, você promete? Fale logo, sua ruiva tonta. Foi aí. Eu disse *sim*. Disse *prometo*. Disse algo afirmativo.

Minha mãe fez noventa anos, e estamos comemorando em Bonden. Ela está com problemas nos joelhos, mas está lúcida e não usa andador. Peg está lá, e minha mãe me apresenta a Irene. Ultimamente tenho ouvido falar muito em Irene pelo telefone, e aperto sua mão para mostrar meu entusiasmo. Ela tem noventa e cinco. "Sua mãe e eu", ela me diz, "nos divertimos muito juntas."

Mama Mia está escrevendo poemas na mesa da cozinha. A pequena Daisy brinca no berço.

Mia está no hospital agora, diagnosticada com uma psicose momentânea, uma alienação transitória da razão, uma pane cerebral. Ela é oficialmente *une folle*. Ela está escrevendo no caderno CACOS CEREBRAIS.

7.
Uma coisa persistente —
Mas sem fala,
Não sem identidade,
Um devaneio que não deixa imagens,
Apenas agonias. Preciso de um nome.
Uma palavra neste mundo branco.
Chamar de algo, não de nada.
Escolho uma figura do meio do nada,
De um furo na mente
E olho, ali na prateleira:
Um osso florido.

11.
Blibo e blabo em rábdica logba
Com Sentecrato, Bilto e Frogba,
Meus bulcros caem de Iberbim,
Mais torca vola em Frim.

21.
Uma vez acaba fácil, amor,
Duas é mais difícil,
Mijo e vinagre.
Bostas e gordas.
Do que se trata?

Ela está novamente sã, está na sala lendo uma biografia daquele gênio tímido e apaixonado, o filósofo dinamarquês que a provocara e inquietara e desconcertara por anos. O dia é 19 de agosto de 2009.

* * *

Acabei voltando a mim mesma, como você pode ver. Passaram-se apenas alguns dias do enterro. Voltei a ser quem eu era então, durante aquele verão que passei com minha mãe e as Cisnes e Lola e Flora e Simon e as jovens bruxinhas de Bonden. Abigail jaz em seu túmulo nas cercanias da cidade. Ainda sem lápide. Isso virá depois. Não faz tanto tempo assim, afinal, e minha lembrança desse tempo é precisa. Daisy ainda estava comigo. Nos dias anteriores, dezesseis, dezessete e dezoito, Boris Izcovich viera me cortejando regular e insistentemente do modo mais sincero e chegara mesmo a mandar um poema tosco e comovente que começava assim: "Conheci uma garota chamada Mia/ que entendia de metro e de rima/ E onomatopias". Ia piorando depois disso, mas o que se podia esperar de um neurocientista internacionalmente reconhecido? O sentimento expresso naqueles versos introdutórios era, na descrição da própria Daisy, "uma baboseira sentimental". No entanto, só mesmo os corações mais empedernidos recusam o sentimentalismo e a lisonja das velhas baladas de amantes perdidos e mortos, e só mesmo os burros de carteirinha são incapazes de apreciar as histórias de fantasmas que vagam pelas charnecas e campos de urzes a céu aberto. E quem de nós negará os finais felizes de Jane Austen ou insistirá para Cary Grant e Irene Dunne não voltarem a ficar juntos no fim do filme? Afinal, existem tragédias e comédias, não é mesmo? E ambas têm mais em comum do que diferenças, um pouco como entre homens e mulheres, se você quer saber. A comédia depende da interrupção que se faz na história exatamente no momento certo.

E agora posso lhe contar com toda segurança, meu velho amigo, pois é isso que você é a esta altura, meu Prestativo Leitor, testado e tarimbado e tão caro para mim. Posso lhe contar que o velho vinha fazendo investidas, como se diz, e avançando cada vez para mais perto do que quer que fosse que ainda existisse lá dentro, em mim, e a explicação foi o tempo, muito simplesmente o tempo, todo o tempo passado, e a filha, que nasceu e foi amada e cresceu e virou essa querida, bondosa, excêntrica e talentosa que está aí, e todas as conversas e brigas e o sexo, também, entre mim e o grande B., as lembranças do Sidney dele e da minha Celia, que não precisou ser descoberta por Colombo, isso eu juro e dou fé. E, no mais íntimo do meu coração, confesso que havia um pouco daquela velha baboseira sentimental que não havia sido removida de mim durante a adversidade e a insanidade. Mas havia também a própria história, a história que Boris e eu havíamos escrito juntos, e nessa história, nossos corpos e pensamentos e memórias haviam se entranhado de tal forma que era difícil saber onde terminava uma pessoa e começava a outra.

Mas voltemos ao 19 de agosto de 2009, no final da tarde, por volta das cinco. Flora tinha vindo me visitar com Moki, e Daisy estava brincando com ela de cantar e dançar. Flora batia palmas muito entusiasmada, estimulando Moki a fazer o mesmo. Fazia um tempo abafado, um dia pantanoso como poucos, trinta e cinco graus e turvo, mosquitos atacando depois da chuva. Estava difícil me concentrar no livro, com toda aquela comoção, mas eu finalmente havia chegado ao noivado rompido de Kierkegaard. Ele a amava. Ela o amava, e ele TERMINA, para depois sofrer grotescas torturas mentais. Que aventura triste e perversa. Quando reparei que Daisy havia parado de cantar, ergui os olhos do livro. Ela se virara para a janela.

"Tem um carro chegando." Ela se inclinou para a janela. "Não dá para ver quem é. Você não está esperando ninguém, não? Santo Deus, está saindo do carro. Subiu a escadinha. Vai tocar a campainha." Escutei a campainha. "É o papai, mãe. É o papai! Ai, mãe, você não vai atender? O que foi?"

Flora agarrou Daisy pela cintura e começou a pular de ansiedade. "E agora?", ela disse contente.

"Você venceu", falei. "Deixa ele voltar pra mim."

APAGAM-SE AS LUZES.

ESTA OBRA FOI COMPOSTA PELO GRUPO DE CRIAÇÃO EM ELECTRA E
IMPRESSA PELA GEOGRÁFICA EM OFSETE SOBRE PAPEL PÓLEN SOFT
DA SUZANO PAPEL E CELULOSE PARA A EDITORA SCHWARCZ
EM JUNHO DE 2013